Yvette Z'Graggen

La Punta

Roman

Aus dem Französischen
von Markus Hediger

Lenos Verlag

Der Übersetzer

Markus Hediger, geboren 1959. Studium der Romanistik und Literaturkritik. Längere Aufenthalte in Paris, Bordeaux und Berlin. Autor des Gedichtbandes *Ne retournez pas la pierre* (1996). Lebt in Zürich. Übersetzte ein Dutzend Werke, u.a. von Elisabeth Horem, Yves Laplace, Jacques Mercanton, Alice Rivaz und Yvette Z'Graggen, zuletzt: Alice Rivaz, *Aus dem Gedächtnis, aus dem Vergessen* (1997). Herausgeber der Anthologie *Passagen.* Erzählungen aus der französischen Schweiz 1970–1990.

Der Verlag dankt der Pro Helvetia für die Unterstützung bei der Herausgabe dieses Buches.

Titel der französischen Originalausgabe:
La Punta

Satz und Gestaltung: Lenos Verlag, Basel
Umschlag: Anne Hoffmann Graphic Design, Basel
Foto: Ulli Seer/LOOK
Printed in Germany
ISBN 3 85787 282 9

La Punta

Wir stehen da, einer neben dem anderen, und sehen dem Möbelwagen nach, der das Strässchen hinunterfährt. Aus der Wagentür rechts winkt eine Hand. Wir winken zurück, obwohl sie uns wahrscheinlich gar nicht sehen können.

Wir gehen hinein. Wir stehen wieder vor den zu grossen Möbeln, die das Wohnzimmer verstellen. „Ich habe mich tatsächlich verrechnet", bemerkt Vincent verdrossen.

Ich sage, dass wir das Buffet, das den ganzen Raum einnimmt, werden liquidieren müssen, ausserdem sei es klobig, langweilig, dieses Buffet, seit langem schon komme es mir überflüssig vor.

„Warum hast du das nicht schon früher gesagt?" In seiner Stimme liegt Spannung.

Ich antworte, das macht nichts, Hauptsache, wir sind gut angekommen, das Haus ist bewohnbar, ja sogar gemütlich mit den gekalkten Zimmern, der Terrasse und dem Garten, den müssen wir erst noch anlegen, doch hier wächst alles ganz schnell, schau dir nur den Hügel an, eine Vegetation ist das, und die Blumen, die Üppigkeit ... Ich rede viel, schnell, um meine Angst zu überdecken.

Was soll aus uns beiden werden in dem Land hier, das wir gar nicht kennen?

Vincent stampft auf den Fliesenboden, als ob er seinen Abdruck hinterlassen wollte: „Das sind nun unsere eigenen vier Wände", sagt er, „und keiner kann uns mehr auf die Strasse setzen."

Wir denken an unsere alte Wohnung, da oben, 1300 Kilometer weit weg.

Der Brief der Verwaltung war klipp und klar: Entweder wir kauften unsere Wohnung nach der Hausrenovation oder wir suchten uns eine andere Bleibe. Wie zu erwarten war, überstieg der Preis unsere Möglichkeiten bei weitem.

Vincents Wut, sein Kummer. Wir werden auf die Strasse gesetzt wie Halunken, wie Hunde, da ist kein Platz für einfache Rentner in diesem Land, wo nur noch Rendite und Kohle zählen …

In seinem alten Dienstbüchlein rechnet er fiebrig seine Diensttage zusammen. „Was war ich doch für ein Idiot", sagt er, „ich hätte mich besser auch ausmustern lassen, die jungen Burschen von heute haben nicht mehr so viele Bedenken wie wir." Er fügt noch hinzu, das lasse er sich nicht gefallen, Gott sei Dank habe man ihm während dieses verdammten Aktivdienstes das Handhaben eines Gewehrs beigebracht, wenigstens das.

Später, nachdem wir uns beruhigt hatten, haben wir nach Lösungen gesucht.

Bei allen Verwaltungen angerufen und uns auf lange Wartelisten setzen lassen.

Aufs Geratewohl die Kleinanzeigen angesehen, in denen Mietwohnungen zu horrenden Preisen angeboten wurden.

Baufällige Bauernhöfe in der Bresse besucht. Sozialwohnungen in einem Vorort von Annemasse.

Ich schlug vor, wir könnten einen Wohnwagen und ein winziges Stück Land kaufen. „So ist's", sagte Vincent, „und dann leben wir wie die Zigeuner, du kommst auch wirklich nie zur Vernunft."

Ich habe ganz schüchtern von einem Altersheim geredet. Und da haben wir einander angesehen, ratlos: Bis jetzt sind wir älter geworden, ohne überhaupt etwas davon bemerkt zu haben.

„Dann erschiesse ich mich lieber", sagte Vincent.

Trotzdem haben wir mutig ein paar dieser Einrichtungen besucht.

Wir haben alte Leute gesehen, die in einem Wohnzimmer in Reih und Glied sassen und die nicht mehr die Kraft hatten, aufzusehen und uns anzuschauen. Wir haben Wohnungen gesehen, die nach Urin rochen, Speisesäle mit wachstuchbedeckten Tischen.

Wir haben Luxussterbeorte gesehen.

Eines Abends, nach einem dieser Besuche, legt Vincent mir den Arm um die Schultern, führt mich ins Schlafzimmer, schubst mich aufs Bett.

„Wir sind nicht alt", schreit er, „nein, wir sind nicht alt."

Er reisst mir die Kleider vom Leib. Seit Jahren haben wir uns nicht mehr geliebt. Wir reden nicht mehr davon, denken nicht einmal mehr daran.

Und da, ganz plötzlich …

Wir benehmen uns ungeschickt, etwas verschämt. Es hat etwas von einem Inzest. Danach wagen wir nicht, uns anzuschauen. Ich lese hastig meine Kleider auf. Im Spiegel des Badezimmers mein Gesicht, ganz verschwommen hinter einem Tränenschleier, und alt. Im Geist sehe ich noch immer das Gesicht vor mir, das ich früher hatte nach der Liebe, schön, von der Lust geglättet.

Ich setze mich auf den Rand der Badewanne.

Ich weine.

Nun lässt Vincent seine Wut an Thomas aus: „Dieser Saukerl schiebt in Montreal eine ruhige Kugel mit seiner blöden Barbara und den beiden Gören, der würde keinen Finger krumm machen für uns.“ – „Wie sollte er auch? Wir haben ihm ja gar nichts gesagt.“ – „Weil wir wussten, es wäre ihm scheissegal. Warum, glaubst du, ist er wohl nach Montreal gezogen?“

Wir wurden lange im ungewissen gelassen.

Eines Tages sprach Albert, mein Coiffeur, von einer Kundin, deren Schwager für einen Apfel und ein Ei eine kleine Villa an der Costa Blanca gekauft hatte. Der Schwager, dessen Frau und was weiss ich wer noch verbrachten glückliche Tage dort: Meer, Sonne, billiges Leben.

Albert beschafft sich den Namen des Mannes, der in der Schweiz die spanische Firma vertritt. Ich sehe Prospekte durch, schaue mir ein Video an. Herrlich: Bei den Landschaften bleibt einem die Luft weg, grosse Felsen, überall Blumen.

„Was hältst du davon, Vincent?“

Ich mache mich auf Einwände gefasst, doch er ist zermürbt, mit seinem Widerstand am Ende.

„Warum nicht? Das oder was anderes ...“

Er ist allein gereist.

Bei der Rückkehr war er düster, nicht sehr gesprächig: „Nicht schlecht, man will uns den Vertrag schicken. Theoretisch können wir nächstes Jahr einziehen.“

Der Baumeister hat seine Versprechungen gehalten.

Nun sind wir in unserem Haus.

Wenn wir das Buffet erst einmal los sind, wird alles in Ordnung kommen.

Ein Möbelhändler hat es mitgenommen und uns dafür eine Anrichte im kastilischen Stil dagelassen.

Ein Gärtner ist gekommen und hat den Garten angelegt, Bäume, Sträucher gesetzt, Blumen gepflanzt, Rasen gesät.

„Das wird was Schönes, Vincent, nicht?"

„Werden ja sehen", sagt er.

Ich verberge meine Freude darüber, das Haus einrichten, etwas Neues beginnen zu können.

Zum ersten Mal seit vierzig Jahren habe ich ein Zimmer für mich allein: Es ist das kleinste und geht auf das Strässchen hinaus, ich habe Vincent das grosse überlassen, das mit der schönen Aussicht.

Auf einem Regal meine Lieblingsbücher. Und unter ihnen die drei Exemplare, die mir von *Donata* noch übriggeblieben sind. Ich halte sie in den Händen, ich streichle sie, werfe einen Blick auf das Erscheinungsjahr, 1947. Der Einband ist abgegriffen, etwas eingerissen, das Papier vergilbt, zwei der drei Exemplare sind gar nicht aufgeschnitten. Ich stelle sie zwischen den *Fremden* und *Theseus.*

Vincent steht hinter mir.

„Dein berühmter Roman", sagt er ironisch. „Du hast doch nicht etwa vor, wieder mit Schreiben zu beginnen?"

Zuerst waren da nur drei Strassen: die zum Fischmarkt, die zum Kap und die schmale, mit rosa Keramik gepflasterte, welche die beiden miteinander verbindet.

Richtung Westen wurden Häuser gebaut und eine neue Strasse trassiert, die inzwischen zur Hauptstrasse geworden ist.

Weitere Häuser wurden auf dem Quai errichtet, bis hinauf zu dem mächtigen, viereckigen Turm, von dem aus man früher nach den Barbaren Ausschau gehalten hatte.

Später haben Villen und Bungalows die Hügel gleichsam erstürmt, eine weisse Armee, die allmählich bis hinauf zum Kamm vorrückte, dabei das Grün der Pinien verschlang, eine Talmulde nach der anderen erklomm und auch noch das letzte Fleckchen Boden belegte.

Was indessen noch immer unberührt ist: das alte Dorf, der Fischereihafen, die Weinreben im kleinen Tal unterhalb unseres Gartens, der Pinienwald gegenüber, das Röhricht hinter dem Strand, die smaragdene Farbe des Wassers, das Felskap, das die Aussicht nach Nordosten versperrt, sowie sein fernes Gegenüber, der Peñón, jener riesige, im Meer gestrandete Bergbrocken.

Vincent sagt, man werde sich vielleicht eingewöhnen. „Doch vorläufig stehen wir einfach so da, ohne Wurzeln."

„Die werden sich schon noch bilden."

„Das ist nicht sicher."

Auch bei mir gibt's Augenblicke, da ich den Boden unter

den Füssen verliere. All die behaglichen Gewohnheiten haben sich in Luft aufgelöst. Man muss eine andere Art zu leben, eine andere Art des Zusammenseins erfinden.

Wir sitzen im Sand. Der Strand ist menschenleer, die Bar geschlossen.

Die Saison hat noch nicht begonnen.

Vincent schlägt die französische Zeitung auf, die er vorhin gekauft hat und die von vorgestern ist. Er versucht zu lesen, doch der Seewind zerknittert die Blätter. Er sagt, auf der Terrasse wäre es gemütlicher.

Ich kann mich nie satt sehen am Meer.

„Noch eine Weile, bitte."

Vincent faltet die Zeitung so gut es geht zusammen. Ich lege ihm die Hand auf den Arm: „Wir kriegen das schon hin, es wird alles gut."

Er steht auf, sagt, er wolle noch ein wenig laufen.

Ich schaue ihm nach, während er sich dem Strand entlang entfernt. Er geht etwas gebeugt, kommt nur mühsam voran. Mit beiden Händen hält er den Kragen seines Regenmantels umfasst.

Ich bin durchsichtig geworden. Das muss so um die Sechzig herum begonnen haben. Anfänglich habe ich mich gewundert über die Blicke, die durch mich hindurchgingen, ohne mich zu sehen, wie früher der Blick von Charles. Ich hatte es mir angewöhnt, die Blicke aufzufangen, ihnen standzuhalten, oft ganz unverschämt, ich liebte mein Bild, das sich in den Augen der Männer spiegelte.

Jetzt, unsichtbar, gehe ich im Dorf auf und ab, inmitten von Fremden, die allmählich eintreffen, und von Spaniern, die sie eifrig bedienen. Ich mache Einkäufe, trinke einen Kaffee, ehe ich wieder zu Vincent gehe, hinauf auf unseren Hügel.

Auch er schaut mich nicht mehr an.

„Hast du sie?“ fragt er.

Ich reiche ihm die Zeitung, die ich gekauft habe. Er beklagt sich einmal mehr, dass es nicht die von heute ist. Er geht nicht gern weg von der Terrasse, wo er einen Sessel aufgestellt hat. Und auf den Tisch neben ihm hat er ein Buch hingelegt, in dem er dann und wann blättert, sowie einen Aschenbecher und Zigaretten. Manchmal geht er in den Garten hinunter, macht einen Rundgang, sagt: „Ich kann einfach nicht spüren, dass dieser Boden hier uns gehört. Es hätte eben da oben sein müssen.“

Er sagt schon „da oben“, wehmütig, als ob er von einem Land redete, das er vor langer Zeit verlassen hat.

„Du weisst doch genau, dass da oben der Boden für uns viel zu teuer ist.“

Er sagt, er weiss, ja, in der Schweiz ist nur Platz für Reiche, doch bei diesem spanischen Boden kommt es ihm so vor, als ob er ihn gestohlen hätte.

Er redet von den Kelten, von den anderen Eroberern, die sich abgelöst haben, von den Römern, den Westgoten, den Mauren, hier an dieser Küste der Reconquista, all die Schlachten, sagt er, all das Blut, all die Toten, und jetzt wird das Land an eine neue Spezies von Eindringlingen verkauft, genauso gefährlich und zerstörerisch wie die von damals. „Ich schäme mich, einer von ihnen zu sein. Du nicht?"

Ich wage nicht, ihm zu sagen, dass ich mich langsam heimisch fühle.

Nachts wache ich oft auf.

Ich sehe mich am Rande Europas, in diesem zwei Meeren zugewandten Land, nach allen Winden offen, auslaufbereit wie ein grosses Schiff.

Vorher im Zentrum, behaglich, geschützt, ein Kokon.

Ich mache mein kleines Kofferradio an, und mit aufgesetzten Kopfhörern vertreibe ich mir die Zeit damit, die neuen Sprachen, die ich empfangen kann, zu identifizieren: Kastilisch, Katalanisch, Valenzianisch, Portugiesisch, Arabisch. Meine vertraute Welt ist nach Südwesten abgetrieben worden, ins Unbekannte.

Ich höre lange diesen Stimmen der Nacht zu.

Kochen fällt mir schwer. Ich weiss noch nicht, wo die Küchengeräte, die ich brauche, eingeräumt sind, sie fallen mir aus der Hand.

Vincent wartet auf der Terrasse.

„Du hast besser gekocht da oben. Was ist los?“

„Ich kenne mich nicht aus mit dem Gas.“

Mir ist diese Ausrede mühelos eingefallen. Doch ich weiss genau, dass es um etwas anderes geht. Vielleicht um ein Schloss, das langsam nachgibt.

In dem bisher fein säuberlich verschlossenen, verriegelten Tresor steckt jemand.

Ich?

Morgen kaufe ich mir ein Heft, ein dickes rotes Heft, wie das, in welches ich *Donata* geschrieben habe.

„Willst du da drin etwa deine Ausgaben aufschreiben?" fragte mich Vincent spöttisch, als er sah, wie ich das Heft aus der Einkaufstasche zog.

Ich gab keine Antwort. Ich ging und legte es auf den Tisch meines Zimmers, zog die Tür hinter mir zu.

Ich wage mich noch nicht an das Heft heran. So oft schon die Lust zu schreiben und dann, vor dem weissen Blatt, der Eindruck von Leere, all die wirren, formlosen Ideen, die einander gegenseitig verjagen.

Von mir reden? Zum erstenmal verspüre ich ein deutliches, dringendes Verlangen danach. Wie aber soll ich es anstellen? Wie mich zurechtfinden im Wirrwarr der Jahre? Die Bilder, die Spuren sind verwischt, das „Ich", das ich benennen möchte, ist verzettelt, zersplittert in eine Unmenge von Augenblicken, die scheinbar nichts miteinander zu tun haben. Ich, wer ist das? Wie soll ich „ich" sagen, wie soll ich eine Einheit wieder zusammensetzen, wo ich doch nacheinander so viele verschiedene Personen gewesen bin, die eine nach der anderen am Wegrand zurückgelassen wurden, vor dieser endgültigen Form, die unwandelbar bleiben und in der Unbeweglichkeit des Todes erstarren wird?

„Sie" sagen würde mir vielleicht die Befangenheit nehmen, so wie ich „sie" sagte, um die Geschichte Donatas zu erzählen. Sie, das kleine Mädchen, die Jugendliche, die junge Frau, ich sehe, wie sie sich rühren, weit zurück in der Vergangenheit, unterschiedliche, facettenreiche Figuren, ja sogar die „Seniorin", wie man so sagt, die erst neulich Schachteln füllte in einer auszugsbereiten Wohnung.

Zu ein paar starken Momenten, zu ein paar Bildern zurückfinden und nicht nach einer unmöglichen Kontinuität suchen.

Auf der Terrasse schaue ich mir den Himmel an, die Wolken, die Linie der Kiefern am Horizont, und ich versuche, mich vollkommen zu entspannen in der Hoffnung, diese Bilder würden von alleine aufsteigen, sich aufdrängen.

Leises Schnarchen kommt aus dem Zimmer, in welchem Vincent Siesta hält, gleichmässig, rhythmisch, weniger enervierend als sonst, da es mir meine Freiheit garantiert. Nichts wird dieses langsame Zutagetreten einer Wirklichkeit stören, die mir kaum beständiger erscheint als eine Geschichte, die ich vor sehr langer Zeit gelesen hätte.

Der Salon. Ja, da ist zunächst der Salon. Genau dort hat alles für mich angefangen, die Liebe, die Eifersucht, das Gefühl der Verlassenheit.

Der altmodische Salon der Wohnung im Felsenquartier. Die rötlichen Sessel mit den Spitzendeckchen, die immer quer liegen, die Vitrinen, angefüllt mit Nippsachen, die niemand beachtet. Das Sofa. Man sagt nicht Diwan, sondern Sofa: Eine schwere Wolldecke im orientalischen Stil liegt darauf sowie, in wildem Durcheinander, eine Unmenge von Kissen. Dort machen sie es sich abends bequem, Charles und Lydia, kuscheln sich aneinander, um Musik zu hören oder halblaut Worte zu wechseln, die sich wie Geheimnisse anhören.

Bin ich das, jenes kleine Mädchen, das ich ihnen gegenüber sitzen sehe, auf einem niedrigen Stuhl vor einem Rattantisch? Es hält einen Stift in der Hand, rot, blau oder grün, damit fährt es immer wieder über ein Bild, auf dem nach und nach etwas zu erkennen ist, dabei war doch am Anfang noch gar nichts da ausser einer weissen, nahezu glatten Fläche: Hütten tauchen auf, Zwerge, Prinzessinnen, Vögel, Bäume ... Das bin ich, ja, und diese Szenen interessieren mich nicht. Was mich fasziniert, sind sie, Charles und Lydia: sie, ganz klein, ihre schwarzen gewellten Haare, die in ihrem langen, überaus weissen Nacken in einer scharf gezeichneten Spitze enden, ihr runder Mund mit den beiden leicht auseinanderstehenden Schneidezähnen und ihre Art, sich mit angezogenen Beinen an Charles' starken Körper zu schmiegen.

Ich kritzle, ich möchte, dass meinem Stift nicht bloss alberne Szenen entspringen, sondern dass er diese hier beseitigen könnte: Charles und Lydia so eng umschlungen, dass für einen anderen kein Platz mehr ist. Manchmal stehe ich auf, drücke die beiden Körper mit aller Kraft auseinander, setze mich dorthin, wo sich Charles' und Lydias Körperwärme miteinander vermischt haben. Ein wohliger, glücklicher Augenblick. Doch sehr bald heisst's mal von dem einem, mal von der anderen: „Geh spielen, Liebes, wir kriegen ja fast keine Luft mehr."

Irgendwann höre ich auf damit. Ich lasse sie.

Ich versuche sie zu vergessen.

Der Salon. Das angrenzende Esszimmer. „Ihr" Zimmer, das ich nicht betreten darf. Mein eigenes, winzig klein, die Küche, in der Lydia sich nie lange aufhält. Eilig saust sie die Treppe hinunter ins Erdgeschoss zu Charles, der in der Apotheke inmitten von Gefässen und Glasbehältern steht.

Falls es eine Geschichte gibt, so hat sie dort begonnen, in jener etwas öden, etwas düsteren Wohnung, in jenem Quartier oberhalb der Felsen, die den Fluss überragen. Und ich würde sagen, sie ist vor neun Jahren am Flughafen zu Ende gegangen, mit dem Abflug eines jungen Burschen, der Charles ähnlich sieht: die gleiche schlaksige Gestalt, die gleichen widerspenstigen und bereits schütteren Haare, die gleichen grüngrauen Augen. Er geht nach Kanada, er hat gesagt, er wird vielleicht nie mehr in die Schweiz zurückkehren. Ich stehe da, mitten in der kleinen Gruppe, die ihn begleitet. Und wie er durch den Zoll geht, dreht er sich um und deutet eine Handbewegung an. Seine Kollegen und Vincent winken fröhlich zurück. Ich selbst tue keinen Wank. Der Kreis um mich herum wird enger, wie um mich zu schützen. Vincent hält mich am Arm. Wovor fürchten sie sich? Mir bleiben die Augen trocken und das Herz leer, ich bin wie tot. Nein, ich werde nicht schreien. Ich schaue nur. Doch da gibt es nichts mehr zu sehen. Thomas ist weit hinten im Flughafen verschwunden. Das tut noch viel mehr weh als damals, als er im Blut und unter Schreien aus mir herauskam, sechsundzwanzig Jahre zuvor.

Diesen Schmerz aber, den kann man nicht mitteilen.

Danach lebe ich vor mich hin. Ich versuche es. Noch einmal habe ich ein Heft gekauft. Noch einmal habe ich feststellen müssen, dass ich nicht schreiben kann. Und da melde ich mich, ohne dass Vincent etwas davon weiss, in einem Vermittlungsbüro für Temporärstellen. Man sieht mich kopfschüttelnd an: „In Ihrem Alter, Madame, und ohne Ausbildung …“ Niemand ist bereit, mir zu helfen.

Ich kann mich nur auf mich selbst verlassen. Danach trete ich den Winterschlaf an. Ich schlummere ein, Vincent merkt nicht, dass ich kaum noch existiere, dass ich die Spur meiner eigenen Schritte verloren habe, die Erinnerung an meine Worte, an meine Gedanken, eine Frau, die nicht „ich“ ist und nicht „sie“, ein fast nicht lebendiges Lebewesen, vertieft in alltägliche Handlungsabläufe, wie mit einer Art Erleichterung festgeklebt in die immer wiederkehrenden Pflichten: staubsaugen, einkaufen, Kartoffeln schälen, Gemüse putzen, Geschirr spülen, Wäsche waschen.

Thomas hat da drüben geheiratet, er ist glücklich. Fest steht, dass er nicht zurückkehren wird. Vincent nimmt ihm das übel und redet deshalb fast nie von ihm. Stillschweigen über meinen Sohn, meinen Liebling, trotz seiner Stimme, die bisweilen, wenn auch ganz fern, über den Atlantik hinweg zu mir kommt.

Ich dämmere vor mich hin. Bald werde ich ganz eingeschlafen sein, und niemand wird etwas merken.

Der Möbelwagen fährt das Strässchen hinunter. Aus der Wagentür winkt eine Hand.

Ein Schlag: Eben bin ich aufgewacht.

In diesem unbekannten Land, und vor mir liegt diese freie, formlose Zukunft, wie die unsichtbaren Zeichnungen, über die ich früher mit meinen Buntstiften fuhr.

Sie sitzt im Schneidersitz auf ihrem Bett. Sie ist neun oder zehn Jahre alt. Es ist Donnerstag nachmittag. Durchs Fenster sieht sie den Rand des Felsens. Den Fluss kann sie nicht sehen, doch sie weiss, dass er da ist, etwa hundert Meter weiter unten, er strömt, er fliesst davon. Das Bett ist kein Bett, sondern ein Floss, es steht nicht im Zimmer, sondern auf dem Fluss. Es hat einen Namen, den sie ihm gegeben hat, Einsamkeit. Sie hat ein Paddel, sie sagt, sie hat ein Paddel. Nicht zum Vorwärtskommen, nein, die Strömung trägt ja das Floss, sondern zum Steuern.

Die Strömung ist schnell, dann und wann Strudel, so etwas wie kleine Wasserfälle, eine Beklemmung, wird das Floss etwa untergehen, nicht doch, die Gefahr ist schon vorüber. Sie kann gut paddeln.

Die Tür geht auf: „Florence, was treibst du da auf deinem Bett?" Es ist Lydia. Lydia sieht es gern, wenn sie richtige Spiele spielt, man möchte meinen, es beruhigt sie, wenn sie von der Apotheke in die Wohnung hinaufkommt, um nachzusehen, ob alles in Ordnung ist.

Das kleine Mädchen lügt, auch das weiss sie: „Ich sage mir die Zahlenreihen im Kopf auf."

„Und warum auf dem Bett?"

Man möchte meinen, das Bett macht Lydia Angst.

„Da kann ich besser denken."

„Na schön …" Leicht misstrauisch. Sie macht die Tür wieder zu. Macht sie nochmals auf: „Ich habe dir in der Küche das Zvieri gemacht. Komm nach unten, wenn etwas nicht in Ordnung ist."

Es ist alles in Ordnung. Das Floss gleitet dahin. Das Wasser ist blau, grün, und weiss ist es dort, wo es schäumt. Da schau her, eine Grossstadt. Man kann ihr einen Namen geben: Lyon. Die Leute an den Quais schauen dem Floss nach und winken. Sie winkt zurück. Sie treibt unter Brücken hindurch.

Die Fahrt geht weiter. Sie macht sich oft auf diese Reise, unermüdlich. Einmal nahm sie eine Katze auf, die am Ertrinken war, sie schien auf dem Floss überglücklich zu sein neben ihr. Ein andermal einen Vogel mit einem gebrochenen Flügel. Und dann war da noch ein kleiner Hase, der in dem Augenblick vom Ufer herüberhüpfte, als das Floss vorbeitrieb. Bis jetzt hat sie noch keinen Menschen an Bord genommen.

Heute sind sie alle drei gleichzeitig darauf, die Katze, der Vogel, der Hase. Sie hat nämlich beschlossen, bis hinunter zum Mittelmeer zu fahren, sofern Lydia ihr Zeit dafür lässt. Für diese lange Reise ist sie froh, alle bei sich zu haben.

Es kommen andere Städte, sie benennt sie auf gut Glück, sie mag Geographie, trotzdem gerät ihr das Ganze ein wenig durcheinander, doch was soll's. Sie sagt Rouen, Nantes, Nîmes. Und dann Marseille, das weiss sie. Und auch, dass der Fluss deltaförmig ausläuft. Sie wählt einen der Arme, den direktesten.

Und da ist es: das Meer. Tiefblau, grenzenlos, uferlos, nichts. Schwer vorstellbar. Sie macht die Augen ganz fest zu, konzentriert sich. Schliesslich kann sie etwas sehen. Und sie denkt, ihre Freude könnte vielleicht nicht grösser sein, wenn das Ganze wahr wäre.

Die Katze hat vor Bewunderung miaut, der Vogel einen

Schrei ausgestossen, der Hase einen grossen Satz gemacht, und dabei wäre er um ein Haar ins Wasser gefallen, sie hat ihn gerade noch halten können, Dummkopf, du wärst sonst ertrunken, Hasen können nicht schwimmen, oder doch? Und dann erklärt sie ihnen: Wir wollen ein Segel setzen, heute bläst ein starker Wind, wir wollen bis zu der Stelle fahren, wo dieses Meer da, das Mittelmeer, in den Atlantischen Ozean fliesst ... Oder fliesst etwa der Ozean ... ? Kurz und gut, dort vermischen sie sich: auf der einen Seite ruhiges Wasser, auf der anderen riesige Wellen, da müssen wir uns gut festhalten, nicht wahr, Leute!

„Florence, dein Zvieri, schläfst du oder was? Komm jetzt runter von dem Bett!"

Und sie, mit unterdrückten Tränen: Geh doch zu deinem Charles zurück, geh schnell schmusen mit deinem geliebten Charles. Sie schaut die winzig kleine Lydia an, denkt an ihn, der so gross ist, und wenn Lydia sich an ihn kuschelt, wie sie das immer tut, könnte man meinen, sie versteckt sich unter einem Flügel: Die beiden machen sich so lächerlich, dass sie sich für sie schämt.

Bevor sie das Zimmer verlässt, dreht sie sich noch einmal um: Sie konnte das Floss Einsamkeit gerade noch in einer Bucht verankern. Niemand wird sie daran hindern, es bald wieder aufzusuchen, vor allem nicht Lydia, die jetzt mit einem Brötchen und einem Stück Schokolade winkt: „Ich bleibe hier, bis du alles aufgegessen hast."

„Papa."

Sie zieht Charles am Ärmel seines Kittels, im Labor, wo er auf seiner kleinen Waage gerade Pulver abwiegt.

„Ja", sagt er, ohne seine Arbeit zu unterbrechen.

„Ich habe eine Geschichte geschrieben ..."

„Ach ja?"

Es ist ihm egal. Ihn interessiert nur das Pulver.

„Ich möchte sie dir vorlesen."

„Nicht jetzt, du siehst doch, dass ..."

Wie immer fühlt sie sich zu klein neben ihm, er ist ja so gross. Man kann nicht gut miteinander reden, wenn man so verschieden gross ist, schon bei Lydia sieht es lächerlich aus, doch Lydia würde er sogar dann zuhören, wenn sie eine Zwergin wäre.

„Es ist eine schöne Geschichte, weisst du ..."

Er schaut gnädig zu ihr herab. Mit fragendem, skeptischem Blick: „Ach ja? Und wann hast du sie geschrieben?"

„Gerade vorhin ..."

„Deine Aufgaben?" Streng: „Sind deine Aufgaben gemacht?"

Sie sagt ganz schnell, noch nicht, ich habe aber auch nicht viele, und dann habe ich diese Geschichte sofort schreiben müssen.

„Tatsächlich?" fragt Charles spöttisch.

„Ich möchte sie dir vorlesen", sagt sie noch einmal.

Er sagt, er hat keine Zeit, er muss dieses Medikament herstellen, der Kunde holt es gleich ab.

„Dann heute abend?" fragt sie.

Er sagt, das werden wir sehen, vielleicht heute abend, falls ... „Wie viele Seiten hat deine Geschichte denn?"

„Weiss ich nicht." Sie zählt die Seiten des linierten Heftes, das sie in der Hand hält, nächstes Mal wird sie sie numerieren, damit sie sofort antworten kann. „Acht ..."

Noch einmal Charles' Blick auf ihr, von oben nach unten, dieser Blick, der sie gar nicht wirklich sieht oder wenn, denkt sie, noch kleiner macht. Trotzdem ein schöner Blick, diese grüngrauen Augen, die so intensiv für Lydia leuchten können.

Er lacht kurz auf: „Nun, was wäre wohl, wenn du in der Schule einen achtseitigen Aufsatz schreiben müsstest ... da frage ich mich, was du ..."

In dem Augenblick kommt von der Apotheke Lydias Stimme herüber: „Flo, du störst doch hoffentlich deinen Vater nicht." Sie sagt immer Flo zu ihr, wenn sie sie ärgern will. Als ob das daran etwas mildern könnte. Da steht sie auf der Schwelle zum Labor: „Sie stört dich doch nicht etwa, Charles, oder?"

„Ein bisschen schon ..."

„Was will sie? Was willst du, Flo?"

„Nichts", sagt sie.

Und er, lachend: „Es scheint, das gnädige Fräulein hat eine Geschichte geschrieben."

Lydias hochgezogene Augenbrauen: „Eine Geschichte? Was für eine Geschichte?"

Der weisse Kittel gibt ihr das Aussehen einer Apothekerin, doch er steht ihr schlecht, sie wirkt wie verloren darin, ein winzig kleiner Abklatsch von Charles, die Kunden lachen sich bestimmt den Buckel voll.

„Schreibst du jetzt Geschichten, statt deine Aufgaben zu machen?"

Sie sagen immer dasselbe, die beiden, als ob sie es vorher abgesprochen hätten, und sagen es auch noch im gleichen Ton. *Deine Aufgaben.*

„Los, Flo", sagt Lydia versöhnlich, „lass Papa in Ruhe, geh schnell hinauf in die Wohnung und mach schön deine Aufgaben."

Schon recht, schon recht, sie will hier keine Wurzeln schlagen, das ist nicht ihre Art. Sie verlässt das Labor mit einem letzten Blick zu Charles, der da steht und sich über seine Waage beugt.

Die Geschichte war die eines kleinen Mädchens, das sich in ein brennendes Haus gestürzt hatte, um ein Baby zu retten, das sonst bei lebendigem Leib verbrannt wäre. Das Mädchen wäre um ein Haar umgekommen, doch die Rettung war ihm gelungen.

Wie waren doch die Eltern stolz auf ihr Kind!

Hinter mir ist die Tür aufgerissen worden.

„Hab ich's mir doch gedacht", sagt Vincent.

Er kommt einen Schritt näher. Instinktiv lege ich schützend die Oberarme über die eben geschriebenen Seiten. Als ich noch ein Kind war, entstanden dadurch hässliche Tintenstreifen zwischen den Zeilen und verschmutzten mir die Ärmel – nun schaut euch mal diesen Dreckspatz an –, seither ist zum Glück der Kugelschreiber erfunden worden.

„Aber ja: Madame ist am Schreiben." In etwa der Tonfall, den sie hatten, Charles und Lydia: ironisch, herablassend.

„Findest du das dumm?"

Er ist mitten im Zimmer stehengeblieben, er versucht nicht, ins Heft zu schauen, ich nehme die Arme weg.

„Dumm, nein, nur …" Er sucht nach der treffenden Bezeichnung, es gibt offensichtlich nur wenige für eine Tätigkeit, die so … „Seltsam", sagt er schliesslich.

Ich mache Louis Jouvet nach: „Seltsam, habe ich seltsam gesagt?" Er lächelt nicht. Es ist ihm nicht danach … Überhaupt nicht lustig, denkt er, diese Spinnerin, die da ihre Zeit, unsere Zeit verschwendet.

„Unnütz", fügt er noch hinzu.

„Und was ist nützlich? Kartoffeln schälen?"

Er zuckt die Schultern: „In deinem Alter denkst du doch hoffentlich nicht ans Publizieren … Als du zwanzig warst, meinetwegen, doch kein Verleger würde jetzt …"

„Publizieren ist nicht das Wichtigste."

„Was dann?"

Meine vergeblichen Versuche, es Charles und Lydia klarzumachen. Ich stotterte, stolperte über die Worte: diese Lust, nein, mehr als das, dieses Bedürfnis, seht ihr, wie beim Atmen. Auch sie zuckten nur mit den Schultern. Nachsichtig: Was für ein komisches kleines Mädchen wir doch haben. Ihm, Vincent, versuche ich es nicht zu erklären. Ich klappe das Heft zu, stehe auf: „Ich gehe ins Dorf hinunter, einkaufen, kommst du mit?"

Er sagt nein, er mag heute morgen nichts unternehmen, ich soll ihm aber Zigaretten bringen, doch bloss keine spanischen wie letztes Mal, die schmecken nach gar nichts, *American Blend,* und Streichhölzer, falls ich mich verständigen kann.

Cerillas, ja, natürlich.

Mit einem lispelnden „c" zwischen den Zähnen wie beim englischen „th", um ihn zu ärgern.

Ich habe das Heft in meinem Schrank unter den Pullis versteckt, so wie ich das früher tat.

Obst, Gemüse im Dorfladen, ein *lenguado* beim Fischhändler, frisches Brot in der Bäckerei, aus der ein bei uns seit langem vergessener Duft strömt und sich auf der ganzen Strasse verbreitet. Jetzt, auf dem kleinen Platz unter den Palmen neben dem Kreisel, einen Kaffee und ein grosses Croissant. Ich werfe einen flüchtigen Blick in die Zeitung, die ich ganz in der Nähe gekauft habe, dort, wo eine junge Frau vor dem Geschäft die Drehständer nachfüllt: Die deutschen Zeitungen allein belegen fast sämtliche Fächer. Sie stopft sie mit einer Art unterdrückter Wut hinein, noch nie habe ich sie lächeln sehen, ich glaube, sie hasst uns. Die spanischen Zeitungen sind vor dem Schaufenster aufgereiht.

Der Wirt des Restaurants *La Sort* hat die Strasse mit kleinen Schritten überquert und kauft *El País:* Er winkt mir von weitem. Abends steht er hinter der Bar und reicht *tapas,* wobei er ein wachsames Auge auf seine aufreizende Schwiegertochter mit dem langen Zopf hat, die hüftewiegend von einem Tisch zum anderen geht, um die Bestellungen aufzunehmen.

Allmählich weiss ich, wie die Leute leben.

Ich schaue zum Namen der Bar, in der ich meinen Kaffee trinke. Der Name steht auf der Fassade, in verschnörkelten Buchstaben, die ich nur mühsam entziffern kann: *Cucaracha.* Neben den Buchstaben ein dickes, schwarzgezeichnetes Insekt, man könnte meinen eine Schabe. Ist es möglich, dass *cucaracha,* dieses wirbelnde Wort, das einen der beliebtesten Tänze der dreissiger Jahre bezeichnet, „Schabe" bedeutet, ohne dass ich das je bemerkt hätte, ebensowenig wie die meisten Tänzer? Ich sehe in meinem kleinen Wörterbuch nach: tatsächlich, *cucaracha:* Schabe, Kakerlak.

Na so was!

Ich sehe sie noch immer vor mir, Charles und Lydia, im altmodischen Salon. Sie haben die Scheibe auf den Plattenteller des Grammophons gelegt, sie lernen, einander gegenüberstehend, diesen neuen, höchst amüsanten Tanz.

Charles hat die Arme leicht angehoben, auf Brusthöhe, er schaut auf seine Füsse und auf die von Lydia, er singt vor sich hin, *la cucaracha, la cucaracha,* er ist ernst, eifrig. Lydia selbst gibt sich weniger Mühe, er korrigiert sie, nein, so mit dem linken Fuss, pass auf den rechten auf, das ist doch leicht, schau genau hin.

Ich sitze zusammengekuschelt in einem Sessel. Mir versuchen sie den Tanz nicht beizubringen, einmal mehr genügen sie sich selbst. Lydia weist mir trotzdem gnädigst eine kleine Rolle zu: „Flo, geh und zieh das Grammophon auf …“

„Warum?“

„Hörst du denn nicht? Die Musik wird langsamer.“

Ich stehe auf, widerwillig, und greife nach der Kurbel.

„Sachte, sachte, sonst überspringt die Nadel. Man kann dich nichts heissen, wirklich.“

Erneut im Sessel. *La cucaracha, la cucaracha.* Charles und Lydia berühren sich nicht, doch ich spüre … ja, ich spüre physisch, dass da etwas zwischen ihren Körpern abläuft, etwas Vibrierendes, etwas … Und da ist es auch schon soweit: Plötzlich zieht Charles Lydia an sich, er beugt sich vornüber und drückt seine Hand tief unten auf ihren Rükken, auf ihren Hintern, seine grosse schöne Hand auf Lydias schmächtigem Hintern, jetzt tanzen sie Bauch an Bauch, *la cucaracha, la cucaracha.*

Ich, fasziniert, angeekelt.

Meine Lieben, meine armen Lieben, die ihr so lange schon tot, zerstört, nur noch ein paar Gebeine unter anderen Gebeinen seid, meine grossen Kinder von Eltern, so verliebt, so verrückt, ich sage euch heute, dieser Tanz hiess Schabe, so etwas kriecht in Küchen, in Hinterräumen umher und ist ein widerliches Insekt, ekelerregend. Hinter diesem hübschen Wort aus den dreissiger Jahren verbarg sich eine schauderhafte Wirklichkeit, wie so viele andere aus der damaligen Zeit.

Als ich wieder den Hügel hinaufsteige, denke ich an das Einverständnis zwischen den Körpern von Charles und Lydia, an die Art, wie sie sich anzogen, gleichsam magnetisch. Zwei Teile eines selben Ganzen. Also ich habe das nie erlebt. Vincents Körper ist mir nach vierzig Jahren Zusammenleben beinahe fremd. Und auch er hat sich nie gross um meinen gekümmert, ausser bei den im Laufe der Jahre selten gewordenen Umarmungen, die uns für kurze Zeit zusammenbrachten. Seinen Körper empfand ich wie etwas Undurchdringliches, wie ein undurchdringliches Hindernis, das mich abhielt, bis zu ihm, dem wahren Vincent, zu gelangen, der sich hinter diesem wulstigen, immer wulstigeren Fleisch verschanzte und mir dadurch besser ausweichen konnte. Es brauchte eine Krankheit, eine Bronchitis, einen Hexenschuss: Meine flache Hand entdeckte in einem Salbenduft die Oberflächenbeschaffenheit seiner Haut, einen Leberfleck, eine Unebenheit, einen Fleck. „Du müsstest das einem Arzt zeigen." – „Nicht doch, nicht doch", knurrte er und knöpfte eilig die Pyjamajacke wieder zu, zog die Hose wieder hoch.

Wir haben unsere Körper nicht dazu brauchen können, uns inniger zu lieben.

Ich lege ihm die Schachtel Zigaretten vor die Nase, auf den Terrassentisch.

„Weisst du, was ich herausgefunden habe, Vincent?"

„Nein, woher sollte ich?"

„Erinnerst du dich noch an jene Rumba, *La Cucaracha,* die alle Welt tanzte um 1930 herum?"

„Alle Welt, nun übertreibe mal nicht."

„Nun, *cucaracha* bedeutet ‚Schabe' auf spanisch, Schabe, das hässliche Insekt."

„Ach", sagt Vincent.

Nach einer Weile: „Und weiter?"

„Nichts weiter, das ist alles."

Er schüttelt den Kopf: „Bei dir weiss man wirklich nie, woran man ist. Wir stecken in einer heiklen Lage, und du gibst dich ab mit ..."

Er zeigt mir das Blatt einer alten Zeitung, die daliegt, auf dem Tisch, mit einem halb ausgefüllten Kreuzworträtsel in einer Ecke.

„Schau lieber, was ich hier mache. Ich habe in diesem verdammten Kaff etwas zur Ablenkung gefunden. Auch ich kann mir, wie du siehst, die Zeit mit Wörtern vertreiben."

An Spielgeschichten fehlt's ihr wirklich nicht. Die unterhaltsamste ist die mit dem Floss, doch da sind noch all die anderen. Am liebsten mag sie seit ein paar Wochen die mit der Beisetzungsfeier, zunächst einmal, weil das ein schönes Wort ist und schwierig auszusprechen. Und dann, weil das ein Spiel ist, das Angst macht.

Und das geht so: Filochard, der Schreckliche, sitzt mit seiner schwarzen Augenbinde am Kopfende des Bettes. Er befiehlt ihr, unters Laken zu schlüpfen, mit dem Kopf voran, und bis zuunterst, bis ganz zuunterst ins Bett zu kriechen und die Füsse auf dem Kissen zu lassen. Dort unten ist es dunkel, und man kann kaum atmen. Filochard hält eine grosse Stoppuhr in der Hand.

„Wenn du es eine Minute aushältst, kommst du mit dem Leben davon, andernfalls ... krack!"

Eine Minute, das ist schon lang, doch der Gauner schraubt seine Forderungen jeden Tag höher. Er ist jetzt schon bei fünf Minuten angelangt. Mit dem Gesicht in der dunklen Sackgasse und kurzatmig zählt sie gewissenhaft bis sechzig, sie bemüht sich, nicht zu schnell zu machen, dann streckt sie einen Finger auf und fängt wieder von vorne an.

Es beginnt gerade die fünfte Minute, sie wird es schaffen, als plötzlich die Zimmertür aufgeht. Das Licht ist angegangen, man kann es erraten, und Lydias Stimme klingt wie erstickt: „Mein Gott, was ist denn los?"

Sie reisst das Plumeau, die Decke, das Laken weg. Mit Schrecken im Gesicht: „Was treibst du da, Flo?"

Das kleine Mädchen zögert eine Weile. Wenn sie die

Wahrheit erzählt, setzt es eine Strafe ab, ganz bestimmt. Und dann wird es nicht mehr mein Spiel sein. Sie entschliesst sich zu heulen: „Es ist der Filo..."

„Was? Wer?"

„Filo... Filochard. Er hätte mich getötet, wenn ich nicht gehorcht hätte."

„Mein Gott, mein Gott", sagt Lydia, indem sie verstört um sich blickt.

Sie setzt das kleine Mädchen aufs Bett, mustert es: „Du hast geträumt, Flo, da ist niemand. Das ist doch nur ein böser Traum, weiter nichts."

Sie heult noch etwas heftiger: „Ich habe ihn aber gesehen, er kommt jeden Abend und zwingt mich."

Lydia rennt aus dem Zimmer. Durch die offene Tür die warmen Gerüche der Wohnung: nach Rauch aus Charles' Pfeife, nach gebratenem Fleisch, nach Orangen. Lydia flüstert. Da kommt sie mit Charles zurück. Sein Gesicht ist, wie immer am Abend, entspannt, es ist nicht so ernst wie in der Apotheke.

„Na, Flo, ein Alptraum?"

Sie gehen ihr allmählich auf die Nerven. Sie wollen ihr andauernd weismachen, sie habe nur geträumt, als ob ihr nichts Schlimmes zustossen könnte! Sie setzt ihre ganze Kraft ein. Mit dem Kopf in den angewinkelten Armen und schluchzend: „Es ist Filo..."

Charles kommt näher, zwingt sie, die Arme auseinanderzunehmen, mustert ihr Gesicht. Es ist ihr gelungen, ein paar Tränen darüber fliessen zu lassen. Charles legt ihr die Hand auf die Stirn, als ob er Arzt wäre, und macht Lydia ein kleines beruhigendes Zeichen.

„Ja doch, ja doch", sagt er, „es ist Filo, natürlich. Er ist gekommen, doch jetzt ist er wieder weg. Er lässt das kleine Mädchen nun ganz ruhig schlafen."

Für wen hält er sie eigentlich, dass er mit ihr wie mit einer Idiotin spricht?

Sie richtet sich auf, beginnt immer schriller zu heulen: „Filo, Filo, Filo, er ist hier, ich sehe ihn, er will mich töten."

Beide, jeder auf einer Seite, umschlingen sie mit den Armen. Was es doch nicht alles braucht, bis die sich um mich Sorgen machen!

„Wir sind ja da", sagt Charles. „Es kann dir nichts passieren, gar nichts, leg dich wieder hin. Ich hole dir etwas."

Sein Blick antwortet auf Lydias fragenden Blick, ein Augenzwinkern. Verständnisinnig die beiden, wie immer. Er geht, kommt mit einem Glas Wasser und einer Tablette zurück.

„Du nimmst jetzt das, und dann wirst du sehen, dass Fil... ähm Filo gleich weggeht."

„Nicht nötig", sagt sie, „er ist gerade gegangen."

„Ach ja?" sagt Charles. „Dann hält ihn das eben vom Zurückkommen ab."

Sie legt die Tablette in die hohle Hand, gibt vor, sie zu schlucken, richtet es aber so ein, dass sie sie zwischen zwei Finger klemmen kann, und trinkt das Glas Wasser aus.

Sie küssen sie nur eine Spur zärtlicher als sonst und gehen hinaus. Sie hört Charles noch sagen: „In ihrem Alter ist es schwer, Phantasie und Wirklichkeit auseinanderzuhalten, doch wenn das nochmals vorkommt, melden wir es Doktor Abel."

Und Lydias Stimme, klagend: „Sie liest zuviel, ich sag's ja immer."

Was tun mit der Tablette?

Sie ist nochmals aufgestanden, um sie zum Fenster hinauszuwerfen. Kommt nicht in Frage, dass sie solchen Kram schluckt.

Das kleine Mädchen schläft schlecht, es läuft nachts in der Wohnung umher, geht in die Küche, um ein wenig Wasser zu trinken. Es kommt am Zimmer von Charles und Lydia vorbei und bleibt stehen.

Lydias leise Schreie, spitz, moduliert. Charles' Stöhnen, immer lauter und schneller. Etwas Schreckliches geht vor sich. Das kleine Mädchen hält den Atem an. Da wird gekämpft, da wird jemand gefressen. Es zögert einzutreten, die Angst hält es davon ab. Also versucht es sich etwas vorzustellen, es sieht, wie Lydia Charles gerade kneift, so wie es das manchmal auch bei ihr tut, einfach so zum Spass, und bei jedem Kneifen stösst sie einen leisen Lustschrei, ein leises Siegesgeschrei aus. Charles leidet, doch er liebt sie so sehr, dass er sich das gefallen lässt, der grosse Dummkopf, morgen hat er überall blaue Flecken.

Und dann Stille. Noch erschreckender.

Und plötzlich geht die Tür auf. Es kann gerade noch ins Dunkle zurückweichen. Heraus kommt Lydia und eilt zum Badezimmer. Das kleine Mädchen reisst die Augen auf: Lydia ist nackt, was hat sie denn mit ihrem Nachthemd gemacht, was fällt ihr bloss ein, so in der Wohnung umherzulaufen, nackt und mager?

Nein, nicht umherlaufen, denkt das kleine Mädchen bei sich: rennen.

Wie eine Göre, wie eine Verrückte.

Es kehrt schnell in sein Zimmer zurück, macht leise die Tür zu, sucht Zuflucht auf dem Floss. Sein Herz hämmert heftig, es tut ihm weh, und auch in den Schläfen ist ein

Hämmern, das ganze Dunkel vibriert um das kleine Mädchen herum.

Morgen gehe ich fort, denkt es.

Es hat den Plan den ganzen Tag über in sich reifen lassen und wundert sich nun, dass es Charles und Lydia unverändert vorfindet, friedlich, als ob nichts passiert wäre. Einander abküssend, einander betatschend wie immer. Sie fangen vielleicht wieder an, denkt es mit Entsetzen. Doch es wird dann nicht mehr da sein und sie hören.

Es wartet, bis sie in ihrem Zimmer sind, lässt ein wenig Zeit verstreichen, dann schleicht es zur Eingangstür, dreht leise den Schlüssel im Schloss um, wartet, nichts rührt sich, heute abend ist es ganz still im Zimmer. Es macht die Tür hinter sich zu, steigt die Haustreppe hinunter, während es den Rucksack für die Schulreise auf dem Rücken festschnürt, es hat saubere Unterwäsche, Pullover, eine Tafel Schokolade hineingestopft, wild durcheinander.

Es steht draussen. Es ist eine Vollmondnacht. Es ist fast hell. Es gelangt auf den Pfad zum Fluss. Es kennt ihn gut: Im Winter fahren wir da mit dem Schlitten hinunter, wir alle, die Kinder aus dem Quartier. Es läuft, es hat keine Angst. Man sagt oft zu ihm, es sei doch erstaunlich, dass es vor nichts Angst habe, wie ein Junge. Dabei sind da Bäume und Schatten, die sich bewegen. Doch es weiss ganz genau, wohin es geht, zum Glück ist ihm das alte Boot wieder eingefallen, das vertäut an der kleinen wackligen Anlegestelle liegt, genau am Ende des Weges. Schluss mit dem Floss, den Träumen, den Geschichten, die man sich erzählt und dabei schön in Sicherheit bleibt. Nun wird es das Abenteuer wirklich erleben.

Sie werden es nicht wiederfinden, Charles und Lydia.

Es hat den Knoten der Leine nicht lösen können, an der das Boot befestigt war. Es hat geweint vor Ohnmacht, vor Wut. Dann hat es sich zuunterst im Boot hingelegt, den Kopf auf dem Sack. Es ist ganz schnell eingeschlafen. Die Sonne war schon aufgegangen, als jener Bursche, jener Spaziergänger, es entdeckte und wachrüttelte. Es musste ihm sagen, wer es war, wo es wohnte. Er hat es nach Hause gebracht.

Charles und Lydia stehen auf dem Trottoir vor der Apotheke. Charles ganz blass, Lydia in Tränen aufgelöst. Zum erstenmal wird es von Charles geohrfeigt, eine links und eine rechts, so dass ihm fast der Kopf wegfliegt. Lydia hingegen nimmt es in die Arme, drückt es an sich, sagt unverständliche Worte in ihr Schluchzen hinein.

Jetzt wird jeden Abend der Schlüssel der Eingangstür abgezogen und irgendwo versteckt. Auch der kleine Bücherschrank mit den Glastüren und den Büchern, die es so gerne liest, ist abgeschlossen worden. Man ist sicher, dass die Bücher es auf die Schnapsidee gebracht haben, von zu Hause auszureissen. Das ist dem kleinen Mädchen egal, es kann sie fast alle auswendig, es kann sie sich erzählen, wann immer es will.

Es nimmt ein Glas Wasser neben sich ans Bett, es reisst sich zusammen, um nicht Pipi machen zu müssen. Um nichts in der Welt würde es sein Zimmer noch mal verlassen nachts.

Im Labor betrachtet es Charles' Hände. Diese verrichten eine geheimnisvolle Arbeit, mischen Pülverchen, destillieren Tropfen. Charles ist ein Zauberer: Seine Hände können heilen oder töten. Charles ist allmächtig. Und so schön in seinem weissen Kittel. Ich möchte, dass er mich anschaut, denkt das kleine Mädchen. Aber er hat vielleicht gar nicht einmal gemerkt, dass es da ist, er achtet nur auf seine Hände. Seine Lippen bewegen sich ein wenig, wenn er die Tropfen zählt.

Eine Fee hat sich kurz nach seiner Geburt über seine Wiege gebeugt, sie hat ihn mit ihrem Stab an die Stirn getippt und gesagt: „Charles, ich verleihe dir die Macht, Leben zu schenken und Tod zu bringen." Später hat er sich fürs Leben entschieden, doch auch der Tod ist möglich. Ich an seiner Stelle, denkt das kleine Mädchen, würde das tun. Es gibt so unsympathische Leute, Leute, die betreten die Apotheke, strecken Rezepte hin, und in null Komma nichts muss alles fertig sein, oder irgendwelche Typen, die flüstern etwas und verlangen weiss Gott was, und Charles bringt ihnen diskret eine kleine Schachtel, steckt sie in ein Säckchen, und die Typen verstecken es schnell in ihrer Tasche.

„Was ist das, Papa?"

„Nichts, nichts, aber was machst du denn eigentlich da?"

Es hat das Labor lieber als die Apotheke. Dort ist es wenigstens allein mit Charles. Es sei denn, Lydia kommt: „Florence, nicht den Papa stören!"

„Papa stören", sagt das kleine Mädchen.

Doch man hört ihm nicht zu. Lydia hat sich an Charles

geschmiegt, er hat aufgehört, die Tropfen zu zählen, er nimmt sie in seine Arme, sie schmiegen sich aneinander, einmal werden sie noch klebenbleiben, die beiden, denkt das kleine Mädchen mit Abscheu.

Später, viel später wird sich Charles dennoch von Lydia losreissen. Er wird in einem Krankenhausbett liegen, taub gegen ihre Appelle, ihre Schreie, blind für ihre Tränen, und er wird in eine Welt eindringen, die nur ihm allein gehören wird.

Sie, Florence, wird seine Hände betrachten, seine schönen Zauberhände, reglos auf dem Laken. Und sie wird die eigenen auf den Bauch legen, um die leisen Bewegungen ihres Kindes zu spüren.

„Was ist los mit dir?“ fragt Vincent, indem er sich nach vorn über den Tisch beugt. „Man könnte meinen, du hast noch nie in deinem Leben einen Spanier gesehen.“

Wir essen zu Abend in einem kleinen Restaurant am Hafen. Und ich kann kein Auge von Pablo wenden, dem Wirt, der mit Tellern, Gläsern, Flaschen zwischen den Tischen dahingleitet, so geschickt wie ein Zauberkünstler.

„Bist du etwa eifersüchtig?“

Vincent zuckt die Schultern. Wieder einmal habe ich unser Alter vergessen. Wieder einmal bin ich vierzig gewesen im Kopf, oder dreissig. Das passiert mir häufig. Doch ich achte darauf, es nicht zu zeigen, nichts erkennen zu lassen von dieser inneren Jugend, die partout die Waffen nicht strecken will.

In unserem Alter ist man nicht mehr eifersüchtig. Die Wege sind eng, vorgezeichnet. Überall Normen, die es einzuhalten gilt. Was man noch tun darf, was man sich nicht mehr erlauben darf. Als ob man zu einer anderen Spezies gehörte, kaum noch am Leben. Als ob alle Gefühle, alle Gelüste, alle Aufwallungen zu etwas Unschicklichem, fast Obszönem würden.

Wir sind zu heiterer Resignation, zu Anstand, zu scheinheiliger Weisheit verdammt.

Ebenso streng überwacht wie Kinder.

Seit der Pensionierung ist Vincent von seinem Alter besessen. Mal ignoriert er es, mal betont er es mit boshaftem Vergnügen. Er ist nie darüber hinweggekommen, dass man ihn seine Arbeit nicht länger als bis fünfundsechzig hat machen lassen, jene Arbeit, gegen die er so oft gewettert hatte: „Versicherungen andrehen heisst doch auf die Angst der Leute spekulieren.“ Ihretwegen musste er mehr reden, als ihm lieb war, er musste überzeugen, rechnen, und trotzdem gehörte die Arbeit zu ihm, sie gab ihm seine Identität, seinen Stolz.

„Und was bin ich jetzt?“

Wegen des Briefs der Verwaltung, und das war vielleicht ein Glücksfall, hatte er sich dann empören, zum kämpferischen Aktivisten in eigener Sache werden müssen.

Womit wird er sich wohl künftig beschäftigen können?

Beim Aufbrechen meiner *gambas* schaue ich ihn an. Er isst ohne Appetit ein Schweinekotelett und Bratkartoffeln. Griesgrämig. Geistesabwesend. Er ist bestimmt „da oben“, in dem kleinen Restaurant, in das wir Sonntag abends gewöhnlich gingen, wo man ihn „Monsieur Vincent“ nannte, wo man uns immer denselben Tisch reservierte, wo wir jeden Sonntag dieselbe Spezialität assen: Poulet mit Curry. Der Wirt, der auch selbst kochte, tauchte am Ende der Mahlzeit auf, fragte, ob es recht gewesen sei, und wir antworteten im Chor, es sei ausgezeichnet gewesen, auch wenn der Reis verkocht war – was jedes zweite Mal vorkam.

Danach gingen wir, es waren ja nur ein paar Schritte bis nach Hause. Papi und Mami waren zufrieden, ein wenig angeregt vom Wein, und konnten es kaum erwarten, wieder in die Pantoffeln zu schlüpfen und sich vor den Fernseher zu setzen. „Meinst du, der Film hat schon begonnen?“– „Nein, nein, wir kommen gerade noch rechtzeitig.“

Von der Terrasse des *Delfín blanco* aus kann man über die parkenden Wagen hinweg die Masten der im Jachthafen vor Anker liegenden Segelschiffe sehen. Sie schaukeln, erinnern daran, dass da das Mittelmeer ist, ganz in der Nähe.

Also wirklich, mir gefällt es, dieses neue Leben, es steht in keinem Verhältnis zu dem, das wir bisher geführt haben. Sicher, der Boden ist noch nicht sonderlich fest unter meinen Füssen, oftmals habe ich das Gefühl, ich schwanke, so dass ich das Bedürfnis verspüre, eines unserer Möbel zu berühren oder auf meinem Bett Schutz zu suchen. Doch die Angst weicht zusehends und macht der Neugierde Platz, der Freude, anders und anderswo zu leben.

Vincent macht Pablo lebhafte Zeichen, er möchte schnell zahlen und gehen. Man könnte meinen, er versteife sich absichtlich, um sich ja keinen Augenblick entspannen zu müssen.

„Wir haben Zeit, dräng ihn doch nicht so, du siehst ja, dass er tut, was er kann ...“

Er zuckt die Schultern. Das ist neu an ihm, und er macht diese Bewegung oft, seit wir hier sind, wie um mir zu verstehen zu geben, dass ich nicht begreifen könne, was er empfindet, und dass Worte daher überflüssig seien.

Zum Glück hat die Einsamkeit hier einen schönen Namen: *soledad.*

Wenn ich nicht schlafen kann, mache ich es mir draussen auf der Terrasse bequem. Manchmal nehme ich das Kofferradio mit, manchmal bevorzuge ich die Stille.

Nichts stört sie.

Es ist auch vollkommen dunkel.

Wie lange schon habe ich nicht mehr in den Sternenhimmel hinaufgeschaut?

Mir scheint, das geht bis in meine Jugend zurück. Seit Jahren kommen wir kaum noch aus der Stadt heraus mitten in der Nacht, und deren Lichter lassen die Sterne verblassen, löschen sie manchmal völlig aus.

Wolken tauchen am Hügel hinten auf, segeln langsam gegen Norden, ziehen über mich hinweg. Sie bilden sich und lösen sich auf. Manche fransen aus und zergehen, andere wiederum entfernen sich, verschwinden hinter dem Kap.

Niemals kommen sie ein zweites Mal vorbei.

Dieser Gedanke ist banal und zugleich schrecklich.

In der ganzen Geschichte des Weltraums, seit Milliarden von Jahren und bis ans Ende der Zeiten, niemals dieselben Wolken, dieselbe Nacht.

Es wird einem schwindlig.

Schwierig, die Ewigkeit, die Unendlichkeit zu begreifen.

Ich berühre meinen Körper. Er ist warm, er lebt. Dennoch, er wird mich verraten. Bereits geht irgendwo in ihm drin eine Spalte auf, durch die sich der Tod einschleichen wird. Wo? Die Lungen, die Leber, die Nieren, das Herz, der Kopf?

Vielleicht das Blut.

Vor vielen Jahren fuhr ich einmal durchs Rhonetal. Dabei hörte ich mir am Autoradio eine Sendung an, in der ein Spezialist vom Blutkreislauf redete, von den Litern Blut, die im Innern unseres Körpers fliessen, zum Herzen hin und von dort wieder weg. Ich musste am Strassenrand anhalten, um gegen das Unwohlsein anzukämpfen, das mich bei dem

Gedanken an diese rote Flut in mir drin erfasst hatte. Und während ich ein paar Schritte machte, stellte ich mir eine dumme Frage: Was geschieht mit dem Blut im Erdreich, wenn man tot ist? Läuft es aus, trocknet es ein, wird es vom Humus aufgesogen, während sich das Fleisch auflöst?

Die Frage kehrt in jenen Nächten auf der Terrasse zurück.

Wohin geht das Blut der Toten?

Und ich empfinde dieselbe Panik wie früher, dieselbe Übelkeit.

Dennoch, es bleibt mir nur noch wenig Zeit, um den zu zähmen zu versuchen, der auf mich wartet – unser Bruder Tod, wie der heilige Franziskus sagte, der ihn scheinbar liebte.

Der Juni bringt die ersten Urlauber. Sie kommen aus dem Norden angereist, mit grossen Autos, sie sind fett und weiss, sie haben viele Kinder, und sie haben Hunde. Sie richten sich in den Bungalows ein, und die Nächte sind jetzt mit Lichtern übersät. Ganze Tischgesellschaften machen sich lärmend über die Terrassen der Restaurants her. Die ansässigen Ausländer, zurückhaltender und mit gegerbter Haut, mustern sie ohne Sympathie.

Ein paar Monate werden sie sich, wie die Spanier das ganze Jahr hindurch, vorkommen wie in einem besetzten Land.

„Du wirst sehen", sagt Vincent, „in diesem Kaff wird man bald nicht mehr wohnen können."

Er kümmert sich ein wenig um den Garten, reisst Unkraut aus, hackt, giesst, ohne Begeisterung.

Ich bin jedesmal froh, wenn er aus seiner Apathie erwacht. Ich bringe ihm Zeitungen, Zeitschriften mit Kreuzworträtseln, in die er sich dann stundenlang vertiefen kann. Abends spielen wir Scrabble: Wenn er gewinnt, macht er kein saures Gesicht mehr und lächelt. Ich sage, so mag ich dich, das freut mich. Ich füge noch hinzu, unser Leben spielt sich allmählich ein – du siehst doch, die Dinge kommen nach und nach ins Lot.

Er antwortet nichts oder sagt, ich hätte Glück, mein Anpassungsvermögen sei verblüffend. Mit ein klein wenig Ironie – Groll? – in der Stimme.

Ich stehe fast immer früh auf, obwohl ich schlecht schlafe. Schon in der Morgendämmerung fühle ich mich frisch und munter.

Ich frühstücke auf der Terrasse. Die Sonne ist eben hinter dem Kap aufgetaucht, ihr Licht lässt bereits das dreieckige Fleckchen Meer verblassen, das mit dem Himmel verschmilzt.

Ein kräftiger Geruch steigt aus der Erde auf.

Vincent schläft noch immer. In Genf stand er jeweils als erster auf. Hier flüchtet er sich in den Schlaf. Seine Nächte sind lang, seine Siestas ebenfalls, wenn er könnte, da bin ich mir sicher, würde er jeden Tag nur ein paar Stunden wach bleiben. Er verwandelt sich in ein dickes, brummiges, trauriges Murmeltier.

Ich kritzle auf ein Stück Papier, dass ich ins Dorf hinuntergehe und frisches Brot hole, doch es sei noch welches übrig von gestern, falls er nicht warten möge. Und vielleicht sei der Tee noch heiss genug.

Ich gehe quer durch das Stückchen Garten auf der Strassenseite, streiche im Vorbeigehen mit der Hand über die blaue Scheinzypresse, die schon gewachsen ist, seit wir sie gepflanzt haben.

Zu dieser Stunde gehört das Dorf den Spaniern. Sie fegen die Terrassen, wischen sie mit reichlich Wasser, ziehen die Rollvorhänge der Geschäfte hoch. Im ehemaligen Fischmarkt sitzen fünf alte Männer an einem runden Tisch, immer die gleichen, diskutieren und leeren dabei eine Flasche Wein: Dieser verlassene, jetzt nutzlose Ort gehört ihnen. Der Markt selbst ist ein paar Schritte weiter. Mit einem

Mikrofon ausgestattet, leiert ein Mann Zahlen in Windeseile herunter, die eine lange und unverständliche Litanei bilden. Manchmal hält er inne. Dann packt ein junger Bursche ein paar von den rosafarbenen und silberglänzenden Fischen, die noch immer auf den Bänken zappeln und nun in einer Einkaufstasche vollends ihr Leben aushauchen. Ein dicker roter Fisch schlägt wütend mit dem Schwanz um sich, während das Geleier wieder einsetzt.

Es ist wie ein uralter Brauch, eine Zeremonie aus grauer Vorzeit.

Im Hafen trocknen Netze an der Sonne.

Ein alter Strassenfeger mit einem Strohhut auf dem Kopf geht mit kleinen Schritten einher, er zieht einen Karren, auf dem zwei Mülleimer stehen. Dann und wann bleibt er stehen, kehrt etwas Abfall auf seine Schaufel und leert sie. Dann geht er ohne Eile weiter.

Ich gehe unter dem viereckigen Turm vorbei zum Strand. Ich ziehe meine Schuhe aus, ich gehe ins noch kalte Wasser, gehe bis zu dem Felsen, der von weitem wie eine Meeresschildkröte aussieht. Ich setze mich.

Ich vergesse die Zeit.

Und das Brot.

„Glaubst du vielleicht, ich hätte auf dich gewartet?"

Er hat schon zu Mittag gegessen. Er löst Kreuzworträtsel. Im Pyjama, unrasiert, ungewaschen.

Auf dem Tisch die Gedecke, das Glas Konfitüre und die Butter, die am Schmelzen ist.

„Weisst du, wie spät es ist?"

Ich räume den Tisch ab.
Und er vertieft sich erneut in seine Felder.
Verschlossen. Feindselig.

Die kleine Engländerin hat sich an den Rand der Restaurantterrasse gesetzt, während es sich die anderen an einem Tisch hinter ihr bequem gemacht haben. Ich betrachte sie, wie sie das Meer betrachtet, hellblau zu dieser Stunde, ruhig, nur gerade etwas weisser Schaum. Ich betrachte das Entzücken in ihren Augen. Doch da wird nach ihr gerufen. Sie sind zu viele und hätten gar nicht Platz an jenem kleinen Tisch. Sie rührt sich nicht, tut so, als ob sie nichts gehört hätte. Ich drehe mich um und sage auf englisch, wenn wir rutschen, dann können sie zwei Tische zusammenschieben, dort am Rand der Terrasse.

„Was geht das dich an?“ fragt Vincent.

Der Vater des Mädchens bedankt sich, das sei sehr freundlich, sagt er, doch sie würden sehr bequem sitzen an dem Tisch in der zweiten Reihe. Er ruft nochmals nach dem kleinen Mädchen, das noch immer das Meer betrachtet. Und da sie nicht gehorcht, geht er zu ihr hin, zwingt sie aufzustehen, zu ihnen hinüberzukommen. Sie setzt sich. Sie legt die Arme angewinkelt auf den Tisch und vergräbt das Gesicht darin.

„So was von ungezogen“, sagt Vincent.

„Sie sieht halt gern aufs Meer hinaus.“

„Man kann nicht immer tun, was man gern mag“, sagt Vincent, „das kann man nicht früh genug lernen.“

Ich sage ihm, das erinnere mich an einen Zwischenfall, der sich an der Adriaküste ereignet habe, in jener Ortschaft, wo ich mit Thomas hingegangen sei, als er vier Jahre alt war ... wie er bloss geheissen habe, der Ort?

„Was weiss ich!“ sagt Vincent, indem er den Lachs anschneidet, den man ihm eben auf einem Teller vorgesetzt hat. „Ich war ja nicht bei euch.“

„Dafür hast du uns geschrieben. Kannst du dich nicht an den Namen erinnern?“

„Nicht die Bohne.“

Und da ich schweige: „Was war das denn für ein Zwischenfall?“

Ich erzähle. Eine Dame aus Paris, sehr elegant und wie aus dem Ei gepellt, hatte eines Abends im Garten des Hotels Thomas eine Orangeade spendiert, weil sie hingerissen war von dem hübschen, anständigen, wohlerzogenen, netten kleinen Jungen.

„Und weiter?“

„Wie mich das nervt, aber der Name will mir nicht einfallen. Wir haben so oft von dem Ort gesprochen. In der Nähe von Cervia. Der Ort war noch nicht ganz fertiggebaut. Es war kühl in jenem Sommer, man hätte meinen können, man sei an der Atlantikküste. Weisst du's nicht?“

„Nein, weiss ich nicht und ist auch völlig unwichtig“, sagt Vincent. „Erzählst du nun oder erzählst du nicht?“

„Der Kellner, der die Orangeade brachte, goss sie in ein Glas. Thomas aber hatte beschlossen, sie mit einem Strohhalm aus der Flasche zu trinken. Er machte den Mund auf, holte tüchtig Luft und begann zu brüllen. Innerhalb von ein paar Sekunden verwandelte er sich in ein kleines sabberndes, rotznäsiges Ungeheuer. Die Dame aus Paris war entrüstet.“

„Und das aus gutem Grund“, sagt Vincent, der nicht lacht. „Ich habe dir ja immer gesagt, Thomas sei verhaltensgestört gewesen in dem Alter. Aber du wolltest es ja nicht wahrhaben."

„Schliesslich habe ich ihn unter den Arm genommen und so weit weggetragen, wie ich konnte. Und dann stellte ich ihn auf den Boden, nahm ihn bei den Handgelenken und sagte zu ihm: ‚Ich muss mich ja schämen wegen dir, Thomas.' Er hörte augenblicklich auf zu schreien und fragte mich: ‚Tut dir das weh?' Ich sagte, ja, sehr weh. Er sah mich fest an und sagte: ‚Aber ich spüre nichts.' Ich hatte schreckliche Lust, ihn zu ohrfeigen."

„Hättest du ruhig tun sollen", sagt Vincent und legt zwei Gräten auf den Tellerrand.

„Wie hiess der Ort, willst du mir nicht helfen?"

„Ich habe dir schon gesagt, ich weiss es nicht. Und ausserdem ist mir das vollkommen Wurst. In unserem Alter ist es ganz normal, wenn man bestimmte Dinge vergisst, vor allem Namen."

Das stimmt: Während ich widerwillig meine Scheibe Lachs esse, sind in meinem Hirn Zellen am Zerfallen. Darunter auch die, welche den Namen jener Ortschaft an der Adriaküste in der Nähe von Cervia enthielt, einen Namen, den ich noch gestern ohne Zögern hätte aussprechen können. Ein irreversibler Prozess, der weitergehen wird, Tag für Tag diese Erosion, dieser langsame Tod. Und das Blut ertränkt nach und nach die zerstörten Zellen, die rote Flut.

„Ist dir nicht gut?" fragt Vincent. „Du bist ja ganz bleich."

Ich trinke mein Glas Wein mit einem Zug leer und stelle es ab. Ich sage: „Zadina Pineta."

„Was?"

„Zadina Pineta, genau so heisst der Ort.“

„Gut, dann bist du ja beruhigt.“

Eines Tages stehe ich da. Dieselbe Leere wie eben gerade, derselbe Verlust.

Ich weiss meinen Namen nicht mehr.

Sie fragen mich aus, und ich kann nicht antworten. Und da, plötzlich: Florence. Ja, ich glaube Florence.

Sie klopfen mir auf die Schulter: „Dann sind Sie ja beruhigt“, sagen sie.

Ich möchte unversehrt sterben.

Die kleine Engländerin hat den Kopf gehoben. Sie versucht vergeblich, mit ihrer Gabel Spaghetti aufzuwickeln.

Das Meer sinkt nach und nach ins Halbdunkel. Zwei Möwen fliegen schreiend umher. Der Peñón ist verschwunden.

„Gar nicht so schlecht, der Lachs“, sagt Vincent.

Sie ist dreizehn. Zum erstenmal ist sie am Meer, irgendwo an der ligurischen Küste. Sie sitzt auf einem Liegestuhl neben Charles und Lydia, die sie noch nie in Badeanzügen gesehen hat, ihre feine, weisse Haut, sie versucht, anderswohin zu schauen.

Zum Wasser, zu den Wellen, zu den Leuten um sie herum.

Zu dem Typen dort drüben. Auch er sitzt auf einem Liegestuhl, den er verschoben hat, der also nicht mehr in der schnurgeraden Reihe steht, die der *bagnino* jeden Morgen wiederherstellt, und der daher dem ihren zugedreht ist. Seine Haut ist braun, glatt wie Seidenpapier, haarlos, er trägt einen glänzenden Goldanhänger um den Hals. Und eine winzig kleine schwarze Badehose.

Charles und Lydia reden vom Faschismus. Lydia sagt, alles in diesem Land sei gut organisiert, sauber, die Leute seien höflich, sie würden überhaupt nicht stehlen, wie man ihr das gesagt habe. Charles antwortet halblaut, ja, schon möglich, das sei aber nur die Oberfläche, was sich darunter abspiele, sei etwas anderes. Abessinienkrieg, Repression, die Gegner würden gezwungen, Rizinusöl zu schlucken.

„Rizinusöl?" ruft Lydia aus.

„Nicht so laut!" sagt Charles.

Sie beginnen zu murmeln, zu flüstern.

Wie langweilig die doch sein können.

Sie schaut den Typen auf dem Liegestuhl an. Er starrt zu ihr herüber, er blinzelt nicht, Glasaugen, würde man sagen.

Sie stellt fest, dass er schön ist. Etwas alt, mindestens

dreissig, aber schön. Sie hat noch nie einen Mann angeschaut. Sie ist noch nie angeschaut worden.

Jedenfalls noch nie so, mit dieser Art von Härte, von Grausamkeit, von ... es muss dafür noch ein anderes Wort geben, denkt sie.

Sie kennt das Wort Begierde noch nicht. Doch etwas in ihr schaudert.

Sie nimmt einen Kamm aus ihrer Tasche. Sie steht auf.

Steht vor ihm. Sie kämmt sich die Haare, sie sind lang, prachtvoll, sagen die Mädchen in der Schule neidisch zu ihr. Sie kämmt sie langsam mit leicht geneigtem Kopf. Unter dem Blick des Mannes, den sie ebenfalls anschaut, leicht geschützt durch ihre Haare.

„Was ist mit dir?“ fragt Lydia. Und zu Charles, lachend: „Gleich geht sie baden und muss sich jetzt noch kämmen.“

Sie achtet nicht auf sie. Meine Haare gehören mir, ich mache damit, was ich will. Auch ihr Körper gehört ihr, doch plötzlich fühlt er sich schwer an, unbekannt.

Der Mann hat sein Badetuch genommen und es auf seinen Unterleib gelegt. Auf seinem Gesicht liegt ein Ausdruck von Schmerz.

Ein Schmerz, wie sie ihn noch nie irgendwo gesehen hat.

Etwas in ihrem Leib beginnt zu brennen.

Sie schmeisst ihren Kamm auf den Liegestuhl, läuft zum Meer, wirft sich in die Wellen. Das Brennen bleibt, fast ein Unwohlsein, ihr Herz schlägt wie irr.

Sie schwimmt ins Meer hinaus. Fürchtet, dass er ihr nachschwimmt. Möchte, dass er da ist, möchte seine braune Haut berühren, sie streicheln.

Sie wird ihn nie wiedersehen, weder ein paar Augenblikke später, als sie an den Strand zurückkehrt, noch an den folgenden Tagen.

Viele Jahre später wird sie sich an ihn erinnern, wenn sie *Donata* schreiben wird, jene Erzählung einer skandalösen Liebschaft zwischen einer Jugendlichen und einem reifen Mann, die manche Kritiker mit Moravias *Agostino* vergleichen werden.

Im Monat Juli hält sie sich im Lande Hitlers auf, in einer Villa am Starnbergersee.

Zum erstenmal haben sich Charles und Lydia beinahe gestritten, sind „aneinandergeraten", wie Lydia diskret sagt. Charles wollte nichts von diesem Aufenthalt hören: „Man kann doch ein paar Wochen vor Ausbruch des Kriegs nicht einfach nach Nazideutschland gehen." Lydia versicherte, es werde keinen Krieg geben, diese lächerliche Angelegenheit mit dem Polnischen Korridor werde sich schon bereinigen lassen, man werde einen Vertrag unterzeichnen wie letztes Jahr in München. Und so oder so, fügte sie noch hinzu, bis auf weiteres werde in Schweizer Schulen noch immer Deutsch gelehrt, und Florence habe in diesem Fach miserable Noten, sollte sie bei ihren Schlussprüfungen etwa wegen dieses Hanswursts durchfallen? So soll sie doch nach Zürich, brummte Charles vor sich hin. Ach ja, sagte Lydia, was würde es denn nützen, Schweizerdeutsch zu lernen?

Schliesslich hatte Charles nachgegeben. Wahrscheinlich weil er es leid war, sich so lange mit seiner Tochter beschäftigt zu haben. Lydia hatte alles in die Wege geleitet. Für einmal hatte sie die Dinge in die Hand genommen. Kämpferisch, entschlossen. Sie und Charles würden Florences Abwesenheit ausnützen, um die etruskischen Gräber in Tarquinia und Umgebung zu besuchen. Mühte sie sich deshalb mit so ungewöhnlich viel Energie ab?

Da ist sie also, Florence, sechzehnjährig, bei der Familie Bogner. Der Vater Architekt, die Mutter freundlich und rosig, Heinz, achtzehn, begeistertes Mitglied der Hitler-Jugend, und Christa, fünfzehn, lange blonde Zöpfe, vergissmeinnichtblaue Augen, ausschliesslich mit Jungen beschäftigt, die übrigens auch auf sie gut ansprechen. Am ersten Abend, in dem Zimmer, das sie sich unter dem Dach teilen und das nach Holz duftet, hat sie Florence halblaut anvertraut, sie solle es niemandem weitersagen, es gehe da um Leben und Tod, aber sie und ihre Eltern würden den Führer nicht mögen. Nur Heinz habe sich reinlegen lassen, wie fast alle Burschen seines Alters.

Heinz ist blond wie seine Schwester, kurzgeschnittene Haare, sonnengebräunt, muskulös, er schwimmt schneller als alle anderen, er taucht, rudert, spielt Tennis wie ein Gott und tanzt ausgezeichnet trotz seines jugendlichen Alters – ausgenommen Tango, den hat das Regime verboten, das ist entartete Musik.

Florence spricht morgens mit ihnen französisch, mit ihm und Christa. Nachmittags deutsch, man muss jedesmal eine Mark in eine kleine Büchse tun, wenn man von dieser Regel abweicht. Bei den Mahlzeiten ist es mal so, mal so. Auch die Eltern unterwerfen sich dieser Disziplin. Es funktioniert ausgezeichnet. „Gegenbesuch kommt nicht in Frage", hatte Charles gesagt, „ich will keine Jungnazis bei mir. Im übrigen ist die Wohnung auch zu klein."

Das ist sehr gut so, denkt Florence.

Sie gibt sich Mühe, doch nur so viel wie nötig, um Fortschritte zu machen in jener Sprache, die sie nicht mag, viel zu kompliziert, eine verrückte Gymnastikübung, bei der man immer daran denken muss, die Verben ans Satzende zu stellen, schliesslich gelingt es ihr trotzdem. „Ich habe gestern Tennis gespielt mit Christa ..." – „Nein, nein", rufen sie, „ich habe gestern mit Christa Tennis gespielt." Dieses verfluchte Verb noch weiter hinten, an den äussersten Rand des Satzes, es fehlt nicht viel, und es würde sich heimlich auflösen. Wer hat nur eine solche Sprache erfunden?

Heinz bloss nicht sagen, dass sie Deutsch verschroben und unlogisch findet. Für ihn ist es die schönste Sprache auf der Welt, die einzige. Er ist stolz auf sie. Er gibt sich kaum Mühe, das Französische korrekt auszusprechen, er hat den Hintergedanken, die Gewissheit, vertraut er Florence eines Tages an, dass schon bald ganz Europa deutsch sprechen wird.

Sie sind allein, er und sie, auf einer Wiese am See, in Badeanzügen. „Bald wird ganz Europa deutsch sprechen", sagt er, und wie zur Vorwegnahme dieser künftigen Eroberungen streicht er mit der Hand über Florences Körper. Es ist nicht unangenehm, überhaupt nicht, es gelingt ihr nicht, diese Hand zu hassen, wegen der Arroganz der Worte. Sie schiebt sie trotzdem weg, zuerst sanft, dann energischer.

Niemand hat sie je berührt. Seit langem streichelt Lydia sie nicht mehr, wie sie das dann und wann tat, wenn auch selten, als sie noch klein war. Von Charles gar nicht zu sprechen, sie kann sich an keinen richtigen Körperkontakt mit ihm erinnern. Da ist diese Hand, die ihrem Körper zu einem Dasein verhilft mitten an diesem sonnigen Nachmittag, wie früher der Blick des Mannes, das ist ... sie findet keine Bezeichnung dafür, sie weiss nur, dass sie, was immer sie empfinden mag, auf nichts eingehen wird.

Sie ist kein dummes kleines Mädchen mehr. Eine Schulkameradin hat ihr einmal erzählt, was Männer und Frauen zusammen machen, meistens nachts im Bett. Sie hat sofort an Lydia und Charles gedacht, an das leise Schreien, an das Stöhnen. Mehrere Tage lang hat sie es vermieden, die beiden anzuschauen, so sehr schämte sie sich für sie, sie träumte von einer sehr grossen Wohnung, wo die Kinder völlig getrennt leben würden von den Eltern mit ihren abscheulichen Praktiken.

Jetzt ist sie trotz ihrer Verwirrung froh zu wissen, dass ihr Körper ganz verschlossen ist. Dass Haut ihn eng umschliesst wie ein Harnisch, ein Kettenhemd, und dass die meistbedrohte Öffnung, hat jene Kameradin ihr zugeflüstert, von einer Membran verriegelt ist. Auf die anderen, Mund, Ohren, Augen, kann man ja achtgeben, sie leicht gegen Angriffe von aussen verteidigen: Das tut sie manchmal, Mund fest zu, Lider gesenkt, Zeigefinger in den Ohren.

Eine kleine hermetische Masse und darin alles, was man vor den anderen schützen will und was man sich nur mit Mühe ganz genau vorstellen kann: das Blut, die Organe und dann die Gedanken, die Gefühle, all das, was mir gehört und über das ich fast nichts weiss.

„Nein", sagt sie, weil es Nachmittag ist und man deutsch reden muss, und dabei schiebt sie zum x-ten Mal die Hand von Heinz weg, die jetzt versucht, ihre Brüste zu berühren.

„Warum?" fragt er, und sie denkt, Scheisse, wenn es Vormittag wäre, könnte sie es auf französisch erklären, auf deutsch sind fast keine Worte zu finden, und wenn sie französisch spricht, wird sie das eine Mark kosten, das wäre doch zu dumm ...

„So ist es“, sagt sie.

Sie mag Heinz nicht, sie findet ihn ganz schön, doch sie mag ihn nicht. Überhaupt nicht. Man kann keinen Jungen mögen, der „Heil Hitler!“ schreit, alle naselang zum Hitlergruss ausholt und in seinem Zimmer eine grosse Fahne mit einem Hakenkreuz hat.

Dennoch mag sie diese Hand auf ihr, sie würde sie sogar schrecklich gern mögen, wenn sie sie akzeptieren und gewähren lassen könnte.

Wie soll ich das erklären? denkt sie verdrossen. Wie soll ich erklären, dass die Hand dieses Jungen, den ich nicht mag, mir diese Art Lust verschafft, mein Körper gehorcht mir nicht, es ist, als ob er mir gar nicht gehörte.

Und plötzlich: Wenn das nun Christas Hand wäre? Christa mag sie sehr. Ihre Hand wäre ebenso weich, ebenso warm. Es wäre genau die gleiche Empfindung. Weil ich aber im Kopf wüsste, dass es ein Mädchen und kein Junge ist, würde ich dann nichts empfinden? Oder vielleicht doch, vielleicht würde ich trotzdem etwas empfinden, vielleicht wäre es gut, von Christa gestreichelt zu werden …

Warum nicht? denkt sie.

Und da sie wirklich die Nase voll hat von all den verworrenen, nicht besonders interessanten Gedanken, springt sie plötzlich auf die Füsse und rennt zum See.

Wirft sich ins Wasser, bevor Heinz ihr hat nachlaufen können.

Die Frische.

Wie an jenem Tag, als sie dreizehn war, am Strand in Italien.

Dieses kleine, nach aussen abgeschlossene Land inmitten des Sturms.

Sie schliesst das Gymnasium ab, besucht eine Sekretärinnenschule, geht dann zum Roten Kreuz, wo sie acht Stunden pro Tag arbeitet, manchmal noch mehr.

Jetzt steht ein Ofen im Gang der Wohnung. Er wird mit wenigen Kohlebriketts und mit Torf gefüllt.

Die Arbeit von Stanislas und den anderen Polen, die 1940 in die Schweiz gekommen sind, besteht darin, diesen Torf zu stechen, die Männer pflanzen auch Kartoffeln an und ernten sie. Stanislas trägt eine alte Uniform, er hat helle Haare, dunkle Augen, er kann fast kein Französisch.

Dennoch hat sie verstehen können, dass er praktizierender Katholik ist und dass er eine Verlobte hat, Bozena, die in der Nähe von Warschau auf ihn wartet.

Nichts ist möglich zwischen ihnen. Wirklich nichts. Warum müssen sie sich lieben?

Vielleicht nur, weil Krieg ist. Wären sie einander aufgefallen, wenn er nicht so weit weg von seinem Land im Exil leben müsste, wenn sie nicht das unsinnige Verlangen hätte, auf die eine oder andere Weise an den Leiden „teilzunehmen", die der Schweiz erspart bleiben? „Danken wir Gott", sagt Lydia, die bis anhin nicht gläubig war. Charles zuckt nur freundlich die Schultern, ohne zu antworten, ihm war düster zumute seit dem deutsch-sowjetischen Pakt, er kam erst 1941 wieder in Schwung, als Hitlers Armeen in die russischen Ebenen einfielen.

Stanislas. Stan.

Sie ist nicht mehr, wie am Starnbergersee, stolz zu wissen, dass sie noch unberührt, hermetisch ist. Im Gegenteil, sie möchte sich gerne öffnen, möchte, dass er in sie eindringt, sie zerreisst, dieser Mann, der erste, mit seinem Schmerz, der Demütigung der Niederlage, ja sogar mit seiner Zukunft ohne sie.

Sie treffen sich, wann immer sie können. Nie wirklich. Zu schnell. Sie treffen sich in Landgasthöfen, in Scheunen. Kein Ort gehört ihnen.

Sie sind zusammen auf dem Floss Einsamkeit, inmitten eines Meeres, das viel aufgewühlter ist, als sie sich das früher hätte vorstellen können.

Tränen, Lust, Zärtlichkeit lernt sie alles gleichzeitig kennen.

Manchmal weint auch er, spricht von Bozena, seiner Verlobten, der er die Treue breche, von Gott, zu dem er nicht mehr beten könne, weil er in Sünde lebe. Er sagt, er mache sich Vorwürfe, dass er so schwach sei.

Sie möchte an Gott glauben, um auch in dieser Sünde, in diesem Schuldgefühl noch bei ihm zu sein. Doch sie denkt, dass Gott, sollte es ihn überhaupt geben, ihre Liebe nicht verurteilen könnte, er, der den Armeen seinen Segen gibt.

Lydia beklagt sich, dass sie von ihrer Tochter nichts mehr weiss. „Wo treibst du dich herum?“ Sie könnten jetzt Vertraute sein, doch dafür ist es nun zu spät. Wenn sie mit Stan im Bett ist, denkt sie manchmal an sie, an Charles und Lydia. Sie kann ihnen fast verzeihen, dass sie sich so heftig geliebt haben, so dass kein Platz war für einen Dritten, auch nicht für ihre kleine Tochter.

Es hat ein Jahr gedauert. Vier Jahreszeiten. Sie haben zusammen gefroren und geschwitzt. Um ihn zu treffen, ist sie über schneebedeckte oder sonnenglühende Wege geradelt. Sie haben sich geliebt, wie man sich lieben kann, wenn man weiss, dass die Trennung bevorsteht.

Bis zum letzten Augenblick.

Er ist in einen Zug gestiegen, irgendwann im Jahre 1945, zusammen mit den anderen. Sein gemartertes Land, da draussen. Bozena. Gott, mit dem er sich bald versöhnen wird.

Sie mit ihrem Kummer.

Zu gross für sie.

Sie hat sich auf ihr Zimmer geflüchtet wie damals, als sie noch ein Kind war. Sie hat sich keine Geschichten erzählt, sondern sie hat versucht, eine zu schreiben. Nicht die, die sie erlebt hatte, nein. Die gehörte nur ihr, in ihrem tiefsten Innern vergraben, sie würde sie ganz für sich behalten.

Um mutig ihren Weg allein weitergehen zu können, hat sie Donata erfunden. Sie ist bis zum Ende des Jahres mit ihr zusammengeblieben, jeden Abend, jedes Wochenende.

Und nach und nach hat Donata ihr die Freude am Leben zurückgegeben.

Ich kenne jetzt Wege abseits des Verkehrs. Früh am Tag oder bei Einbruch der Nacht sind sie menschenleer. Manchmal willigt Vincent ein und begleitet mich, doch er bleibt in der Defensive und will schnell, möchte man meinen, zu seinen Zeitungen und Kreuzworträtseln zurück. Oder aber er stellt Vergleiche an zwischen hier und „da oben", jenem Paradies, aus dem wir vertrieben worden sind. In Gedanken kehrt er in unsere Wohnung zurück, beschreibt die niedergerissenen Wände, den Bauschutt und die reichen Araber, welche die Wohnung, wenn die Renovierung abgeschlossen ist, nur ein paar Wochen im Jahr für die Ferien benutzen werden.

Ich versuche, ihn aus seiner Verdrossenheit herauszureissen: Schau, schau doch! Er sieht einen Augenblick auf, ja, die Blumen, die Bäume, dann vertieft er sich wieder in eine Vergangenheit, in die ich je länger, je weniger zurückkehren möchte.

Meistens bin ich also allein auf diesen Wegen. Auf einem davon begegne ich am Morgen einer Frau in Schwarz. Sie ist gross, mager, sie geht schnell und ist flink trotz ihres Alters, sie hat den gelösten Gang bestimmter Afrikanerinnen oder jener Frauen aus den Abruzzen, die schwere Lasten auf dem Kopf tragen. Sie geht den Hügel hinunter, und manchmal sehe ich sie am Abend mit denselben beschwingten Schritten heraufkommen. Ich glaube, ich habe ihr Haus ausfindig gemacht: klein, niedrig, verborgen unter einer riesigen Bougainvillea, hinten in einem Garten, in welchem Orangenbäume, Zitronenbäume und ein Judasbaum wachsen und um den herum eine Mauer läuft, die bedeckt ist von Geranien in allerlei Farben.

Eines Tages werde ich genug Spanisch können, um mit ihr zu reden, um sie zu bitten, mir von dem Dorf zu berichten, bevor die Baulöwen kamen, davon, wie es den Bürgerkrieg überstanden hat, wie es jetzt diese neue ausländische Besetzung erlebt.

Und ich werde ihr sagen, einmal in einem Schweizer Zug, im Jahre 1942 oder 1943, sei ich einem kleinen Jungen mit blonden Locken begegnet, den ich erkannt hätte, weil man sein Bild häufig in Zeitschriften sah. Er habe spanisch gesprochen und mit einer Knallpistole gespielt. Ich werde noch hinzufügen, es freue mich, dass man sein Kopfbildnis jetzt auf den Münzen antreffe und dass mir diese Erinnerung jedesmal wieder einfalle.

Mir scheint, wir werden einander viel zu erzählen haben, sie und ich.

Eines Abends überquere ich einen kleinen Pass und befinde mich plötzlich auf der anderen Seite der Hügel, welche von der Bauwut noch verschont geblieben sind. Man kann das Meer nicht mehr sehen, dafür Ölbaumplantagen und Weinreben, so weit das Auge reicht. Hier und da ein alter Hof. Eine unberührte Landschaft, rote Erde und, am Ende der Ebene, ein Felsengebirge.

Bei der Heimkehr versuche ich, Vincent von meiner Entdeckung zu erzählen. „Sollen wir zusammen nochmals dorthin?“

Er sagt, vielleicht, wir werden sehen, und schreibt ein Wort in seine Felder.

Ich mache es mir neben ihm auf der Terrasse bequem. Ich betrachte diesen grossen Himmelsraum über uns. In der Stadt gab es den Himmel fast gar nicht, nur als schmalen Streifen zwischen den Häusern. Man vergass ihn. Man glaubte, man könne ohne ihn leben.

Verschliesst sich Vincent etwa deshalb in sich, weil er vor diesem schwindelerregend vergrösserten Weltraum Angst hat?

In dem Augenblick, da er normalerweise schlafen geht, hat Vincent gesagt, er gehe noch ins Dorf hinunter, um Zigaretten zu holen.

„Ich komme mit dir, wenn du willst."

Nein, nein, das sei im Handumdrehen erledigt, im Wagen hin und zurück, ich solle lieber ruhig hier bleiben.

Ich habe mich mit meinem Kofferradio auf die Terrasse gesetzt und den französischen und arabischen Stimmen gelauscht, die aus Nordafrika kamen, und jenen des *Radio nacional de España,* die ich immer besser verstand.

Ein leuchtender Juniabend.

Ich bin vielleicht im Sessel eingenickt, denn es war spät, als ich auf meine Uhr sah: Vincent war seit über zwei Stunden weg.

Vielleicht war er zurückgekehrt, und ich hatte ihn nicht gehört? Aber nein, der Wagen war nicht da.

Dieselbe panische Angst wie früher, wenn Thomas als Jugendlicher weiss ich wo hängenblieb. Auf dem Balkon wartete ich gespannt, horchte auf Geräusche von der Strasse. Vincent selbst schlief tief und fest, nie störte irgend etwas seinen Schlaf. Ich hörte ihn schnarchen.

Und jetzt er.

Von Ganoven überfallen?

In einem Strassengraben, der Wagen überschlagen?

Ertrunken? Er wollte den Strand entlanggehen, eine Welle hat ihn fortgetragen ...

Im Tabakladen von einer Herzkrise niedergestreckt? *Quién es este señor? – Yo no sé, nunca lo he visto.* So ist das eben, Vincent, wenn man sich mit niemandem anfreundet, wenn man jeglichen Kontakt verweigert: Man weiss nicht einmal, wer du bist, man kann mich nicht benachrichtigen. Kommt es ihnen wenigstens in den Sinn, dich zu pflegen?

Ein anderes Szenario baut sich vor mir auf: Er hat die Gelegenheit ergriffen und ist auf und davon gegangen. Er hat die Autobahn genommen. Er wird die ganze Nacht fahren. Morgen wird er in Genf sein, wo er wahrscheinlich bei seiner Schwester unterkommen wird. Er wird mich anrufen: „Ich bleibe hier."

Du hast es geschafft, 1300 Kilometer aufs Mal zu fressen, Vincent? Dabei hasst du es, nachts zu fahren.

Unmöglich!

Da liegst du erneut im überschlagenen Wagen am Strassenrand. Mit Schädelbruch und blutüberströmt. Die Sirene des Polizeiautos, das Blaulicht.

Vincent, mein alter Gefährte.

Ich drehe mich im Kreis, gehe von der Terrasse zur Tür, von der Tür zur Terrasse. Dann postiere ich mich am Strassenrand.

Dunkelheit.

Es fahren nur wenige Autos zu dieser Stunde.

In dem Augenblick, als ich beschliesse, zu Fuss hinunterzugehen, sehe ich den Polo, der langsam zu mir heraufgefahren kommt. Der auf den kleinen Parkplatz vor dem Gartentor fährt. Nach einer geraumen Weile gehen die Scheinwerfer aus. Doch die Wagentür geht nicht auf.

Im Sterben, ohnmächtig?

Ich trete näher. Vincent sitzt zusammengesunken da, den Zündschlüssel in der Hand. Ich mache die Wagentür auf: „Was ist los?“

Ohne zu antworten, steigt er unbeholfen aus dem Auto, macht ein paar zögernde Schritte.

„Ist dir schlecht?“

„Aber nein ...“

Und plötzlich diese Fassungslosigkeit: Er ist betrunken. Er, der sonst nie trinkt, der in vierzig Jahren niemals beschwipst nach Hause gekommen ist, auch nicht nach einem Festessen, auch nicht nach dem alljährlichen Bankett, das dem Personal seiner Gesellschaft spendiert wurde. Er, der eines Abends Thomas geohrfeigt hat, dabei war dieser nicht einmal betrunken, nur gerade etwas zu heiter.

Er ist ins Haus gegangen, während ich wie erstarrt am Strassenrand stehenblieb.

Er sitzt auf der Bettkante.

„Irgendwelche Typen“, brummt er, „die Schweinehunde! Ich wollte nur einen Kaffee trinken.“

Er kehrt seine Taschen um, ein paar Münzen fallen auf den Fussboden.

„Nichts mehr ... ich habe nämlich bezahlt. Die Schweinehunde, die Schufte!“

Ich helfe ihm, seine Schuhe auszuziehen, sich hinzulegen, ich versuche ihm die Kleider auszuziehen, doch er protestiert, er will angekleidet schlafen, er will nur schlafen, weiter nichts. Er sagt noch, dieses Scheissland, nie hätten wir hierherkommen sollen, Herrgott noch mal, was haben wir hier verloren?

Er weint.

Noch nie habe ich ihn betrunken gesehen. Und ich habe ihn auch noch nie weinen sehen. Die Tränen rinnen ihm über die Falten, und plötzlich sehe ich sie, diese Falten. Wie ist es möglich, dass sie gekommen sind, ohne dass ich sie bemerkt habe? Vierzig Jahre lang war Vincent jeden Morgen wieder da, und er war der gleiche wie am Abend vorher. Jeden Morgen genau der gleiche.

Jetzt sehe ich, dass er alt geworden ist, die Haut wie gegerbt, schlaff, die Haare grau und schütter, und diese tiefen Furchen, die wie Risse durch sein Gesicht gehen.

Ich sage, Vincent, mein armer Vincent, ich streichle ihm die Hände, die Stirn. Ich denke, dass ich ihn nicht genügend geliebt, nicht genügend angeschaut habe, dass wir uns nie wirklich begegnet sind.

Auch ich weine.

Über ihn, über mich.

Über die so unzulängliche Liebe.

Über die verflossene Zeit, und dabei ist es uns entgangen, dass sie so schnell verrinnt, wir haben gelebt, als ob wir nicht wüssten, dass alles einmal zu Ende sein würde.

Er sieht, dass ich weine. Er fasst mich bei der Hand: „Sei doch nicht so traurig“, sagt er, „ich hatte nicht viel Geld bei mir.“

Für einmal sind wir uns einig. Diese Giraffe, das arme Ding, hat nichts in den spanischen Bergen verloren, auch die Lamas, Elefanten, Tiger und anderen Tiere nicht. Absurd, in diesem verlassenen, wie eine Mondlandschaft wirkenden Moränenkranz einen Safaripark anzulegen, am Ende eines endlos ansteigenden Landsträsschens. Von dem steinigen Weg aus, in den wir eingebogen sind, nachdem wir einen happigen Eintrittspreis bezahlt haben, betrachten wir sie, vor allem sie, die Giraffe. Und auch sie betrachtet uns mit ihren grossen vorstehenden Augen und macht dabei lange, weitausgreifende Schritte ein paar Meter vom Wagen entfernt. Melancholisch und resigniert. Unglaublich fehl am Platz.

„Ich wette, sie versteht nicht besser Spanisch als ich", sagt Vincent.

Er ist gut gelaunt. Er selbst hat heute morgen vorgeschlagen, einen Ausflug zu machen. Wir haben die Autobahn in Richtung Süden genommen, sind bis Villajoyosa gefahren, was unser kleiner Reiseführer mit „Juwel-Stadt" übersetzt, und von dort aus ins Hinterland, beherrscht von der Sierra de Aitana und einem weiteren Felsengebirge mit ausgefallenen Formen, scheinbar rein zufällig und verspielt hingeworfen, ohne Logik, ohne Ordnung und nicht vergleichbar mit den schnurgeraden Ausrichtungen in der Schweiz. Plötzlich sind wir uns vorgekommen wie Touristen auf einer Spazierfahrt. Für mich, für Vincent aber noch stärker, da bin ich mir sicher, hat sich unser Häuschen in einer verschwommenen, irrealen Vergangenheit verloren. Wir wohnen noch immer in Genf, wir sind im Urlaub und neugierig, ein Land zu besuchen, das wir nicht kennen.

Am Ende der Strasse, am Fuss der Sierra, die einsame Giraffe.

Vincent bringt den Wagen zum Stehen: „Ich mag diesen Ort nicht", sagt er. „Wollen wir nicht umkehren?"

Wir wenden auf dem schlechten Weg, da wir es eilig haben, diesen „Safaripark" zu verlassen, in welchem sich die Tiere zu Tode langweilen und sich Besucher scheinbar nur sehr spärlich zeigen.

Dann schauen wir auf die Karte. Wenn wir auf dem Strässchen weiterfahren, gelangen wir noch tiefer in die Berge hinein, überqueren einen Pass und landen mit etwas Glück auf der anderen Seite, unweit des Schlosses von Guadalest. Doch wir haben beide keine Lust dazu. Der Himmel ist grau heute. Und um die Mittagszeit herum haben sich die Berge bereits violett gefärbt, was nicht sehr verlockend ist. Ich spreche von dem Restaurant, an dem wir vor einer Weile in Sella vorbeigefahren sind.

„Gute Idee", sagt Vincent, erleichtert.

Wir sitzen gemütlich auf einer überdachten Terrasse: uns gegenüber Weinberge und Hügel sowie im Hintergrund ein felsiger Berg, der Höhe nach von einer langen Spalte merkwürdig halbiert.

Die Wirtin bringt uns eine Karaffe einheimischen Weins und *tapas.* Sie trägt Jeans und einen zu weiten Pullover, sie spricht fast akzentfrei französisch, sie hat, bevor sie hierher kam, in Madrid studiert. Sie und ihr Mann haben es vorgezogen, den Beruf zu wechseln, ein neues Leben zu beginnen.

Vincent liest die Speisekarte mit ungewohnter Lust, als ob er aus einer langen Lethargie erwachte. Wir stellen uns eine nette kleine Mahlzeit zusammen, stossen an, essen die *tapas.*

Es kommen mir andere, ähnliche Mahlzeiten zu Beginn unserer Ehe in den Sinn, als noch Platz war für Unvorhergesehenes, für Ungewöhnliches, für die Freude, miteinander Entdeckungen zu machen. Ich war geheilt von der leidenschaftlichen, wirklich zu schmerzlichen und zerstörerischen Liebe und glücklich mit Vincent. Ein ruhiges, gemässigtes Glück, schien mir, angepasst an das alltägliche Leben, das Intensität, Masslosigkeit, grosse erschütternde Aufwallungen auf Dauer nicht erträgt. All das abgedämpft, tief in mir drin, und tatsächlich überwunden die unsinnige Lust zu schreiben.

Wann hat er angefangen zu rieseln, der graue Staub?

Ich lege meine Hand auf die von Vincent. Ich sage: „Ich freue mich, hier zu sein mit dir."

„Ich freue mich auch."

Trotzdem, ich habe gespürt, wie sich seine Hand fast unmerklich versteifte.

Ich leere ein Glas mit diesem so grosszügig ausgeschenkten Wein, *à discrétion,* sagte die Wirtin, „er ist im Preis inbegriffen".

„Wenn du an unser Leben denkst, Vincent, wie kommt es dir dann vor?"

Er zögert, schliesslich sagt er, er könne auf eine solche Frage nicht antworten, sie passe zu mir, diese Frage, meine schreckliche Art, den Dingen immer einen Namen geben zu wollen. Er fügt noch hinzu, die Wörter hätten für ihn so oder so nicht den gleichen Wert wie für mich, sie hätten oft zu Missverständnissen zwischen uns geführt.

„Hast du deshalb nie ertragen, dass ich schreibe?"

„Wie auch immer, du sagtest, es gelinge dir nicht mehr."

„Vielleicht wenn du mich ermutigt und nicht ausgelacht hättest ..."

„Ich habe dich nicht ausgelacht", sagt Vincent, „ich habe dich auch nicht gehindert, doch es kam mir gefährlich vor für uns."

Gefährlich, da haben wir's. Das ist wahrscheinlich das Schlüsselwort. Der Staub begann auf uns als Paar herabzurieseln, als wir anfingen, vorsichtig all dem aus dem Weg zu gehen, was uns hätte bedrohen können. Neue Bekannte, persönliche Erfahrungen, Launen, Begeisterung. Bis zu dem Augenblick, als die Gewohnheiten, die wir nach und nach angenommen hatten, ohne überhaupt etwas davon zu merken, zum eigentlichen Gerüst unserer Beziehung, zu einer Art unerlässlichem Schild gegen die Aussenwelt geworden sind.

Zum Glück gab es Thomas.

Dank Thomas drang Licht in die Eintönigkeit und brachte alles ins Wanken.

Erneut sucht meine Hand die von Vincent. Ich sage: „Ich hätte dich eben noch mehr lieben müssen."

„Was hast du? Ist es der Wein oder was? Du warst ganz prima ... etwas eigenwillig, etwas spinnig, aber ich habe mich angepasst, oder?"

Er schaut mich an. Und ich denke: Was sieht er? Wen hat

er die ganzen vierzig Jahre lang gesehen? Ich öffne meine Handtasche, nehme das Spiegelchen heraus: graumelierte Haare, etwas eingefallene Augen, doch über ihnen liegt noch nicht jener Schleier – Weisheit, sagt man, Gleichgültigkeit wäre richtiger, Distanz –, der den Blick alter Menschen zum Erlöschen bringt, Falten, hängende Haut unter dem Kinn, dafür hohle Wangen. Sieht er dieses Gesicht, nur dieses Gesicht oder auch all die anderen, die von Tag zu Tag, von Jahr zu Jahr verschwunden sind? Ich möchte alle meine Gesichter in seinem Herzen versammelt haben, ich möchte ... mir dreht sich alles im Kopf, er hat es in sich, dieser Tischwein aus den spanischen Bergen, ich möchte, dass er mich küsst, dass er zu mir sagt, für ihn sei ich noch immer schön, ich möchte, dass er die Wirtin mit den Jeans ruft, dass er ein Zimmer verlangt, dass wir das Spiel der Begierde, der Liebe spielen. Noch einmal. Nur noch einmal, bevor wir wirklich alt sind.

Er hat Kaffee bestellt, „das wird dir guttun, du hast wirklich zuviel getrunken." Ich habe mir Tränen abgewischt, die er nicht gesehen hat.

Etwas später haben wir uns wieder auf den Weg gemacht.

Vincent hat sich erinnert, dass wir nicht in den Ferien waren, dass es keine Rückkehr in die Schweiz geben würde. Das Haus begann wieder zu existieren, der Hügel, die Emigration.

Er wurde wieder trübselig.

Jeden Morgen, in aller Frühe, betrete ich den Strand, bevor die Menschenmassen kommen. Das Wasser ist jetzt warm. Ich schwimme lange ins Meer hinaus. Wenn ich mich umdrehe, sehe ich, dass die Küste schon weit hinter mir liegt.

Ich habe keine Angst.

Ich war schon immer der Ansicht, der schönste Tod sei der, der einen auf offenem Meer überrascht, im Glück von Wasser und Sonne.

Mengele, der Folterarzt von Auschwitz, ist ihm begegnet, diesem so sanften Tod, als er eines Tages draussen vor irgendeiner Küste schwamm. Beim Lesen dieser Nachricht fiel mir wieder ein, dass man uns im Konfirmandenunterricht von einem gerechten und lieben Gott erzählt hatte …

Ich kehre langsamer zum Ufer zurück, dabei teile ich meine Kräfte ein, nehme mir Zeit, den toten Mann zu machen, die Augen zum Blau des Himmels gerichtet. Dann lege ich mich in den Sand. Die Sonne wärmt mich auf. Ich schlafe eine Weile, hole den Schlaf nach, den ich in der Nacht nicht habe finden können.

Wenn der Strand zu dröhnen beginnt, stehe ich auf und kehre zur Villa zurück.

Auf der Terrasse oder manchmal im Garten steht Vincent mit diesem hilflosen Ausdruck im Gesicht, der nicht mehr von ihm weicht.

An diesem glücklichen Küstenstreifen kommen die Echos aus der Welt in diesem Juni des Jahres 1991 über Zeitungen, übers Radio. Sie gelangen zusammenhanglos zu uns, ohne jegliche Rangordnung: Belagerungszustand in Algerien, Katastrophe in Äthiopien, Krawalle in französischen Banlieues, Tod von Claudio Arrau, „Boris Jelzin: russischer Tribun für die angeschlagene Perestroika", Mitterrand sagt in Lugano, „die Schweiz ist in Europa", Tausende von toten Kurden an der türkischen Grenze, Israels Kompromisslosigkeit, rechtsextreme Splittergruppen überfallen in der Schweiz Asylbewerberwohnheime, Aids greift immer weiter um sich, Rimbauds hundertster Todestag, Berlin wird neue Hauptstadt des wiedervereinten Deutschland, *24 muertos en Madrid por coches bomba de ETA,* Hausbesetzer werden in Genf verprügelt, Albaner flüchten in Massen aus ihrem Land, Tod des Autors von *Le Silence de la mer,* Demonstration von Neonazis in Dresden, die Frauen streiken in der Schweiz, Slowenien ruft um Hilfe, Verkehrsstaus auf den Strassen zu Beginn der Ferien ...

Was anfangen mit all den Informationen? Was ist davon zu halten, wie soll man sie ordnen? Gewiss, es wäre einfacher, sie zu ignorieren, den Trubel der Welt zu vergessen.

Ich denke an diese blaue Kugel, den Planeten Erde, wie wir ihn jetzt kennen, verloren in der unendlichen Weite des Weltraums. So schön und zugleich so bedroht.

„Diese Verrückten", sagt Vincent, indem er die Zeitung, die er gerade liest, von sich wegschiebt.

Er flüchtet sich einmal mehr in seine Kreuzworträtsel. Da sind Hunderte, Tausende von Wörtern, mit denen er Auge in Auge lebt. Wann immer er eines findet, ist es ein kleiner

Sieg, über den er sich eine Weile freuen kann. So braucht er dieses Land nicht zu sehen, kann er die Leute ignorieren, sich von mir lossagen.

Eingesperrt in seine Kästchen.

Neulich, an einem Abend, bin ich vor dem Garten der Frau in Schwarz stehengeblieben, um wieder einmal die Geranien zu bewundern. Sie ist hinten im Garten aufgetaucht, ist auf mich zugekommen. Wir betrachten einander einen Augenblick, schweigend, dann macht sie eine Gebärde, deutet auf etwas, was sich hinter mir befindet: *Basura,* sagt sie in gekränktem Ton.

Ich kenne dieses Wort nicht. Ich drehe mich um, versuche zu verstehen und sehe: Am Wegrand, genau gegenüber der Mauer, ein Berg Abfallsäcke, den ich nicht bemerkt hatte, manche der Säcke zerrissen, aufgeschlitzt.

Basura, sagt sie nochmals.

Als ob ich, die Fremde, dafür verantwortlich wäre. Es stimmt ja, dass es zu viele von uns gibt, dass die Infrastruktur mangelhaft ist, dass die Landschaft immer mehr verkommen wird, wenn man mit Bauen, mit Abholzen fortfährt.

Kann ich etwas dafür?

Plötzlich fühle ich mich schuldig, auf diesem Strässchen zu stehen, die Säcke nicht gesehen, nur auf die Schönheit des Gartens geachtet zu haben.

Ich stehe wie angewurzelt da.

Sie hat sich entfernt, noch immer böse, wie mir scheint, doch da kommt sie schon zurück. Sie hält eine grosse Zitrone in der Hand, die sie mir reicht, indem sie sich über die Mauer beugt: *Para ti.*

Ich stottere *gracias,* wie ich es so oft vor mich hersage. Ich wünschte, ich könnte es mit rollendem „r“ aussprechen, doch da geht die Frau schon wieder mit tanzendem Schritt in den hinteren Teil des Gartens.

Ich umschliesse die Zitrone mit beiden Händen und trage sie nach Hause. Ich glaube, sie hat mich geduzt. Ich bin vergnügt.

„Meine arme Florence“, sagt Vincent, „es braucht wirklich nicht viel, und schon bildest du dir ein, man akzeptiere dich.“ Mit einer Art boshafter Freude fügt er noch hinzu: „Sie hat recht, die Frau da. Eines Tages werden wir alle unter unseren eigenen Abfällen begraben sein.“

Im Supermarkt, wohin ich manchmal zum Einkaufen gehe, erweisen sich alte Deutsche und alte Engländer mit vollbeladenen Einkaufswagen gegenseitige Höflichkeitsbezeigungen vor den Regalen.

„Bitte“, sagt der Deutsche und tritt zur Seite.

Thank you, lächelt der Engländer und geht vorbei.

Vor fünfzig Jahren ging es darum, den anderen als ersten zu töten.

Die Urlauber strömen in Massen an den Strand, auf die Strassen des Dorfes, sie machen sich über die Hügel her. Es liegen immer mehr Abfallsäcke verlassen unter den Kiefern umher. Manchmal wird das Wasser für ein paar Stunden abgestellt.

Über all dem die Sommersonne. Weiss. Erbarmungslos. *Solleone,* sagen die Italiener.

Man muss sich etwas einfallen lassen: ins Freie bei Tagesanbruch und in der Nacht. Und auch während der heissesten Stunden, wenn die Leute hinter herabgelassenen Rollos schlafen.

Vincent verlässt die Villa nicht mehr. Ich erzähle ihm vom Herbst, vom Winter, die bald kommen werden, von den Mimosen, den blühenden Mandelbäumen. Ich rühme die günstige Lage unseres Hauses, abseits, mit Blick auf die Pinien, die Weinreben und auf ein paar Bauwerke, die uns nicht stören. Er deutet mit dem Finger auf die beiden Türme oben auf der Anhöhe in der Nähe des Kaps: „Ja und das da?"

Er fügt noch hinzu, dieses hässliche, wie ein Zebra gestreifte Gebäude am Dorfeingang könne er nicht mehr ertragen.

„Du siehst es doch gar nie."

„Ich weiss aber, dass es da ist."

Finster. Verstockt.

Ich sage, diese paar scheusslichen Dinger stammen noch aus dem Franco-Regime, ebenso ein paar weitere grässliche Bauten, die den Küstenstreifen verschandeln, hier haben wir ja noch Glück: Die Entwicklung hat später begonnen, zu einer Zeit, als man schon auf die Umwelt achtete.

„Zugegeben, man hat zu viele Bungalows, zu viele Villen gebaut, doch ..."

Er fällt mir ins Wort: „Deine Sozialisten und dein lieber Juan Carlos! Bald wirst du noch chauvinistischer sein als jeder x-beliebige Spanier."

Unter den traditionellen Urlaubern, jenen, die man seit Jahrzehnten in Shorts und in Schlappen, mit Sonnenbrand und in Sonnenölduft in allen westeuropäischen Ländern umherlaufen sieht, gibt es diesen Sommer neue. Sie sind noch nicht sehr zahlreich. Sie pferchen sich in alte Karren und machen auf den Bänken Konservendosen auf. Sie biwakieren am Strand. Sie können kein Spanisch, kein Französisch, manchmal ein paar Brocken Englisch. Sie kommen von weit her, aus einer anderen Welt.

Man müsste glücklich sein, sie zu sehen.

Doch nein, man fühlt sich vielmehr peinlich berührt, unbehaglich.

Unsere Brüder aus dem Osten. Sie taten uns leid, und wir mochten sie, als sie noch bei sich zu Hause waren, hinter Mauern und Stacheldraht.

Man sagt sich, diese hier bilden nur die Vorhut, nach diesen ersten, noch scheuen Touristen werden weitere kommen, zu Tausenden, vielleicht zu Millionen. Wie werden wir sie nennen? „Wirtschaftsflüchtlinge" wie die Türken, die Afrikaner?

Ich versuche es mit einem Ausdruck: „die Schiffbrüchigen der Hoffnung".

Vincent zuckt die Schultern: „Welcher Hoffnung?“

Und da steht, einmal mehr, Charles zwischen uns. Charles glaubte, dass dort draussen, im Osten, eine neue Gesellschaft im Entstehen begriffen war, aus welcher Ungerechtigkeit, Elend und Erniedrigung verbannt sein würden.

„Um an so was zu glauben“, sagt Vincent, „brauchte es friedliche Träumer wie deinen ...“

„Ich weiss ...“

„Idealisten, Träumer wie ...“

„Ich weiss.“

„Das sind die gefährlichsten“, sagt er abschliessend, wie er das schon so oft getan hat.

Und ich denke noch einmal, dass Charles gerade noch rechtzeitig gestorben ist, 1956, ein paar Monate vor Budapest. Er hat seine ungeheure Hoffnung mit sich ins Grab genommen.

Wodurch wir sie wohl ersetzen werden?

Vincent sagt, er habe keine Ahnung und er werde sich hüten, von Hoffnung zu sprechen in dieser stinkreichen Welt, wo man es sich erlauben könne, die Leute aus ihrer Wohnung, aus ihrem Land zu vertreiben ... Früher oder später kommt er immer wieder auf dieses Thema zurück. Er versucht nicht, seine Verbitterung zu überwinden, nach und nach wird sie ihm zum Lebensinhalt.

Ich nehme mir die Wagenschlüssel.

„Wo gehst du hin?“

„Spazierenfahren.“

„Jetzt? Du wirst vor Hitze umkommen.“

Gerade als ich die Tür öffne, ruft er: „Hast du eine Thermosflasche dabei?“

„Wozu eine Thermosflasche?“

„Ältere Leute trocknen schnell aus bei solchen Temperaturen, hoffentlich weisst du das.“

Ich kehre um. Seine Hand liegt auf der Klinke seines Zimmers, in dessen Kühle er sich ausruhen geht.

„Ich hasse diesen Ausdruck.“

„Austrocknen?“

„Ältere Leute.“

Er kichert leise: „Wie soll ich denn sonst sagen? Rentner, Opas, Omas, Alte, Greise?“

Ich habe die Tür zugeschlagen.

Es ist mindestens vierzig Grad im Wagen, ich kann das Steuer kaum halten, so heiss ist es, und der Schweiss nimmt mir die Sicht.

Der Strasse quer durch das kleine Tal entlang sind Burschen, gleichgültig gegenüber der Sonne, gerade beim Pflegen der Weinreben. Einer von ihnen richtet sich auf und blickt mir nach. Schlecht rasiert, Lockenhaar, nackter Oberkörper, braune, wie patinierte Haut.

In meinem Alter, Vincent, in meinem hohen Alter kann ich mir die Weichheit dieser Haut noch immer vorstellen, noch immer Lust haben, sie unter meinen Fingern zu spüren.

Was sagst du dazu?

Wegen des Namens auf dem Wegweiser, Granadella, bin ich einem unbekannten Strässchen gefolgt. Es führte in eine Art Buschwald hinein, über einen Pass, schlängelte sich durch einen Pinienwald und endete unvorhergesehen in einer kleinen Bucht, eingezwängt zwischen zwei felsigen

Kaps. Das Meer, das an anderer Stelle ruhig war, bricht in diese Enge ein und bietet das unerwartete, grossartige Schauspiel von dunkelblauen, schaumgekrönten Ozeanwellen, die auf einen kleinen Kieselstrand auslaufen.

Es ist fast keiner da zu dieser Stunde, auch hier ruhen sich die vernünftigen Leute aus, wie Vincent, ich kann seine Stimme hören: „Du willst doch nicht an der prallen Sonne bleiben, in deinem Alter. Du wirst deine Unvorsichtigkeit noch einmal bereuen."

Ich erinnere mich an einen Vers, den ich früher geliebt habe, er fällt mir jetzt wieder ein, da ich mich, ja, Vincent, da ich mich, mit dem Blick zum Meer, unter die Sonne dieses frühen Nachmittags setze: *Imprudence tes grands rires me quittent ...* O wenn nur nicht schon die Zeit der Vernunft, der kurzen, bedächtigen Schritte, des sparsamen Umgangs mit sich selbst und der Einschränkungen anbricht ... Weisst du noch, Thomas? Du legtest mir die Arme um den Hals, und wir tauchten zusammen ins Meer ein, an stürmischen Tagen, Wellen rollten über unsere Köpfe hinweg, wir kamen lachend wieder an Land. Du hattest vor nichts Angst, wie ich.

Wenn wir dann an den Strand zurückkehrten, schimpfte Vincent mit mir. „Du bist verrückt", sagte er.

Verrückt bin ich nicht genug gewesen. Nicht lange genug. Nicht bis zum Schluss.

Jetzt ist es zu spät.

„Hast du eine Thermosflasche dabei?"

Ich sage laut ins Tosen der Wellen hinein: „Ich will nicht noch älter werden, ich will nicht."

Intensität, Heftigkeit, Jugend – all das glüht noch immer in mir drin, auch eine verzweifelte Liebe zu diesem Leben, das mir bald weggenommen wird.

Ich will nichts wissen von eurer Resignation, eurer falschen Weisheit, eurer Behutsamkeit ...

Sie soll noch etwas bleiben, die schöne, die rebellische Unbesonnenheit!

Paris 1946

Vor dem Krieg hatte sie Paris noch nie gesehen. Charles und Lydia sind einmal dorthin gegangen, als sie noch klein war, und haben sie bei Lydias Mutter in Obhut gegeben. Eine Woche lang Marmeladen, Schokolade, Rahmdesserts, Küsse, Liebkosungen. Charles und Lydia sind zurückgekehrt als staunende Provinzler und haben ihr eine Menagerie mitgebracht, die sie am Faubourg Saint-Honoré gekauft hatten. Jedem Tier seinen Käfig, bis auf die Löwen, die ein Paar bildeten, das man nicht trennen durfte. Eine Zeitlang hat sie den beiden Löwen die Übernamen Charles und Lydia gegeben, und oft rauften sie sich in ihrem Einzelkäfig.

Jetzt, in diesem Sommer 1946, ist sie selbst in Paris. Nicht für eine Woche, sondern für zwei Monate.

Ihre Abteilung beim Roten Kreuz ist auf die unverhoffte Idee gekommen, sie zu einer jüdisch-amerikanischen Organisation zu schicken, die an die Überlebenden des Holocaust Hilfsgüter verteilt. Sie hat keine komplizierte Aufgabe: Verbindungsperson spielen, nach Genf telefonieren, die Mitteilungen der einen und der anderen übersetzen, damit die dringend benötigte Hilfe auch rasch weitergeleitet wird. Sie kann gut Englisch, dabei hat sie es nur vier Jahre in der Schule gelernt, und der Krieg hat sie an einem traditionellen Englandaufenthalt gehindert. Doch sie ist sprachbegabt, wenn sie sich nur etwas Mühe gibt, sogar Charles muss das anerkennen.

Sie wohnt in einem Grandhotel in der Nähe der Gare Saint-Lazare. Jeden Morgen, und zwar, wann es ihr passt, begibt sie sich in die Rue de Téhéran. Dort hat man ihr ein kleines Büro eingerichtet. Ihre Arbeit wird am Vormittag rasch erledigt. Am Nachmittag kundschaftet sie Paris aus, nachdem sie ein paar, wie sie findet, typisch schweizerische Bedenken beseitigt hat.

Sie läuft, sie läuft endlos umher.

Sie ist wie trunken. Vor Entzücken, vor Lebenslust, vor plötzlicher Freiheit. Vor Jugend.

Zu allen Spässen aufgelegt: ein Geschäft betreten, unnötige Dinge kaufen – Parfum, Broschen, Seidentücher –, stundenlang der Seine entlangbummeln und auf den Boulevards, in den Tuilerien picknicken, in den grossen Sälen des Louvre merken, dass sie Malerei liebt, und vor allem schauen, schauen, bis es ihr vor den Augen flimmert. Alles wirkt unbeschädigt, als wären die Besatzungs- und Kriegsjahre schon ausgelöscht. Trotzdem, Autos sind noch selten, und in den Restaurants (und anderswo) gibt es nicht viel zu essen. Die Passanten sind anständig gekleidet und höflich: Das Drama, das sie durchlebt haben, die schrecklichen Erinnerungen, der tiefe seelische Schmerz, die Angst, der Verlust geliebter Menschen, all das verbergen sie mit Würde.

Sie versucht nicht, an diesem Schein zu kratzen. Sie will nicht an das Leiden denken, auch nicht an Stan, der ihr nur einen einzigen Brief aus seinem in Trümmern liegenden Polen geschickt hat – Warschau ist ein einziger Kieshaufen, schrieb er.

Doch es ist unmöglich, ihn völlig zu vergessen, den Krieg. Die Amerikaner, mit denen sie zusammenarbeitet, Steve, Harry und noch ein paar andere, haben am Italienfeldzug teilgenommen. Sie mögen nicht darüber reden, doch manchmal kann man erraten, dass sie nicht anders können, dann entschlüpfen ihnen Namen, die sie mit ihrem unglaublichen Akzent aussprechen, Castel di Sangro, Monte Cassino. Sie kann sie nur mit Mühe einordnen: Sind sie in erster Linie Juden oder in erster Linie Amerikaner? Sie sind ganz anders als die paar Juden, denen sie in der Schweiz begegnet ist und die nicht wie sie den Hochmut der Sieger hatten. Vor allem ganz anders als die kleine Jenny, eine französische Sekretärin, die sich fünf Jahre lang versteckt hat, sich fünf Jahre geschämt und gefürchtet hat, die fünf Jahre verfolgt und gehasst worden ist. Man könnte meinen, sie kann, sie will nicht zugeben, dass es zu Ende ist, als ob etwas von ihr gestorben wäre in jenen Lagern, die sie nicht am eigenen Leib erfahren hat, in denen aber Verwandte, Freunde verschwunden sind, vergast, verbrannt: Sie schleicht die Wände entlang, unauffällig, sie kann kaum den Kopf heben, versucht, möglichst wenig Platz einzunehmen, macht sich vielleicht Vorwürfe, dass sie noch am Leben ist. Steve ist verliebt in sie, sie werden in ein paar Monaten heiraten, er bringt ihr Nylonstrümpfe, Dosenmilch, amerikanische Schokolade, er kauft ihr Parfum. Sie dankt ihm, demütig. Als ob ihr nichts zustünde.

Sie, Florence, die kleine Schweizerin, die von all diesen Katastrophen verschont geblieben ist, beschliesst, ihre Freundin zu werden. Dies gelingt ihr um so leichter, als Harry sie sofort aufgenommen hat und er Steves bester Kumpel ist. Sie gehen alle vier zusammen aus, entdecken Restaurants, die sich auf dem Schwarzmarkt mit Lebensmitteln versorgt haben, fahren im Jeep die Champs-Elysées hinauf.

Wie gut das tut, Freunde zu haben, denkt sie und merkt, dass sie in Genf zwischen Charles und Lydia ein Einsiedlerleben geführt hat, da war nur gerade der kurze schmerzhafte Augenblick ihrer Liebe zu Stan.

Harrys Angehörige stammen aus Mitteleuropa. Seine Augen sind leicht geschlitzt, er hat einen rundlichen Kopf und eine Stimme wie ein *crooner* – er war während seines Studiums Sänger in einer Band.

Manchmal spricht er jiddisch – was Florence überrascht, die nicht einmal wusste, dass es diese Sprache gibt. Die nicht viel vom Leben weiss, das merkt sie jetzt, vom Leben ausserhalb der friedlichen Oase, in der sie aufgewachsen ist. Allmählich findet sie die Riesenaffäre, die sie um Charles und Lydia gemacht hat, etwas lächerlich, auch ihre kindliche Eifersucht, ihre vergeblichen Versuche, die Aufmerksamkeit des Mannes im weissen Kittel auf sich zu lenken.

Zum Glück ist da Stan gewesen und jenes Buch, das sie geschrieben hat. Sie hat das Manuskript mitgenommen, hierher nach Paris, und beschlossen, es *Donata* zu nennen.

Worüber könnte sie denn sonst mit ihren neuen Freunden reden?

Vor allem mit Harry.

Er empfiehlt ihr, diesen Aufenthalt in Paris auszunützen, um das Manuskript bei einem Verlag vorbeizubringen. Warum auch nicht? sagt er. Man soll es wenigstens versuchen. (Sie wird zögern, doch am Ende der zwei Monate wird sie ihren ganzen Mut zusammennehmen. Die Antwort, sie fällt positiv aus, wird sie an einem Novembertag in Genf erreichen, und zwar ganz genau am 8., sie wird sich ihr ganzes Leben an dieses Datum erinnern.)

Sie kann jetzt von Stan reden. Sie redet sogar zuviel von ihm. Manchmal macht sie sich deswegen Vorwürfe: Du benutzt ihn, um dich interessant zu machen. Doch diese vertraulichen Dinge verleiten Harry dazu, selbst auch welche zu sagen. Sie finden heraus, dass sie in der Hektik, in den grossen Wirren des Kriegs recht ähnliche Geschichten erlebt haben. Er, verheiratet in New York mit einer Frau, die älter ist als er, hat sich in Neapel unsterblich in eine junge Italienerin verliebt. Versprechungen (wenigstens hat Stan keine gemacht): Ich werde alles meiner Frau beichten, ich werde zurückkommen und dich holen. Und dann, in die Staaten zurückgekehrt, die Gewissheit, dass das nicht möglich ist, eine Verblendung, eine Dummheit, jetzt nimmt das normale Leben wieder seinen gewohnten Lauf. Als Claudia erfahren habe, dass er mit ihr Schluss machte, habe sie versucht, sich das Leben zu nehmen, erzählt er, dann habe sie ihm einen schrecklichen, hasserfüllten Brief geschrieben, den er nicht vergessen könne.

Er gebe sich alle Mühe, sein Gleichgewicht wiederzufinden, und habe den Posten in Paris angenommen. Seine Frau werde im Laufe des Monats August zu ihm kommen.

„Ich bin froh, dass Sie da sind."

Sie ist ebenfalls froh.

Etwas Schönes, die Freundschaft. Das Vertrauen. Sich so zeigen können, wie man ist. Alles sagen, was einem durch den Kopf geht, ohne die Angst, missverstanden oder falsch eingeschätzt zu werden. Etwas noch Schöneres, denkt sie, wenn man sich ... wie soll man sagen? ... zum anderen auch noch irgendwie körperlich hingezogen fühlt, doch dem wird man selbstverständlich widerstehen.

Ja, sagen die beiden wiederholt, Freundschaft zwischen einem Mann und einer Frau ist etwas Kostbares.

Einander beim Überqueren der Place de la Concorde bei der Hand fassen, das kann man. Es ist einem heiss, es ist einem wohl. Man fühlt sich sicher für den unwahrscheinlichen Fall, dass plötzlich ein Auto auftauchen sollte.

Man kann auch zärtlich tanzen. *Heaven, I'm in heaven when we are together dancing cheek to cheek.* Das ist recht harmlos. Man soll nicht überall Schlechtes sehen, würde Lydia sagen.

Dass er sie dann und wann Darling nennt, ist auch nicht so schlimm. Man ist in Amerika viel herzlicher als in Europa, das ist allgemein bekannt. Als in der Schweiz auf jeden Fall, wo man sich alle nur erdenkliche Mühe gibt, seine Gefühle zu verstecken.

Paris, einfach so, als Verliebte – selbst wenn dem gar nicht wirklich so ist –, das ist ... sie sucht nach dem richtigen Wort, wunderbar, ist das etwa zu gewagt? Nicht doch, man kann das ruhig sagen.

Wunderbar.

Fast immer.

Manchmal entstehen Missklänge. Erinnerungen werden wachgerufen, vor denen es kein Entrinnen gibt. Dieser blonde Bursche, noch fast ein Kind, der ein Trottoir fegt, und manche Passanten spucken ihn an. Auf seinem Rücken zwei schwarze Grossbuchstaben: PW. Er senkt den Kopf, er fegt, er denkt vielleicht an seine Mutter, dort draussen unter den Trümmern, und er hat den Eindruck, ein Opfer zu sein und kein Peiniger, dem nur Hass und Spucke entgegenschlägt. Und eines Tages in einer engen Strasse kurz vor der Seine, durch die sie in ihrem Jeep brausen – Harry und Steve sind in Uniform –, diese alte Frau, welche die Faust reckt und

Schimpfworte brüllt. *Why?* fragt Harry schockiert. Und Florence denkt, muss einfach an den Schmerz denken, der hier ist, unsichtbar vorhanden, hier, überall, und an die Wut – ob auf Besatzer oder Befreier, spielt keine Rolle, Uniform ist Uniform –, an den gemeinen Krieg, an die Millionen von Toten. „Macht, dass ihr fortkommt!" brüllt die alte Frau vom Seine-Ufer. „Macht, dass ihr fortkommt, ihr Schweinehunde!"

Don't worry, sagt Harry, der sieht, dass Florence Tränen in den Augen stehen. *Look, baby ...*

Notre-Dame im Sommerlicht, was für eine Pracht ...

Es ist Steves Idee gewesen, man könnte das Wochenende in der Vallée de Chevreuse verbringen.

Sie sind mit dem Jeep gefahren, alle vier, und obendrein noch Jennys Pudel.

Im Landgasthaus gab es keine Einzelzimmer. Die Wirtin schien empört bei dem Gedanken, dieser jungen Frau und diesem Mann, die da vor ihr standen, Hand in Hand, zwei grosse separate Zimmer zu geben. Es war wirklich zu schwierig, ihr in ein paar Worten das ganz und gar Besondere ihrer Beziehung zu erklären.

Sie fanden sich nicht nur im selben Zimmer, sondern auch im selben Bett wieder.

Die Freundschaft erfand die Gebärden der Liebe, entdeckte die Lust, die Zärtlichkeit. Diese Erfüllung werde ich vielleicht nie wieder haben, denkt Florence.

Sie haben sich an der Gare de Lyon getrennt, am Abend bevor Harrys Frau in Frankreich eintraf.

Damit es weniger schmerzhaft war, haben sie sich, ohne daran zu glauben, versprochen, sie wollten sich eines Tages wiedersehen. Er sagte auch: „Du wirst immer einen besonderen Platz in meinem Herzen einnehmen, *you silly girl …*"

Und dann, während sich der Zug schwerfällig in Bewegung setzte, begann sie zu weinen. Sie stand vor dem heruntergelassenen Abteilfenster, die Haare im Gesicht, und genau dieses Bild hat er wahrscheinlich von ihr all die Jahre hindurch behalten.

Er, ein Mann im dunklen Anzug, immer kleiner in der reglosen, auf dem Bahnsteig versammelten Menge. Und dann, plötzlich, unsichtbar.

Sie wollte die Stadt sehen, deren Namen sie trägt. Dorthin haben Charles und Lydia 1922 ihre Hochzeitsreise gemacht, und dort, hat Lydia im Vertrauen zu ihr gesagt, sobald sie es verstehen konnte, „dort bist du auch gezeugt worden ..." Ihr gespielt schamhafter Gesichtsausdruck, ihr Lächeln voller Rührung bei der Erinnerung an diese weit zurückliegenden Wollüste mit unerwarteten, unerwünschten Konsequenzen. „All unserer Vorsichtsmassnahmen zum Trotz."

Sie, mit fünfundzwanzig, sah in Gedanken vor sich, wie die kleine magere nackte Frau ins Badezimmer stürzt. Was hatte sich in Florenz bloss abgespielt? Ein defekter Wasserhahn? Ein robusteres Spermium, das allen postkoitalen Duschen widerstand?

Und da hätten wir's: Ein kleines Wesen, hochrot im Gesicht, heult in seiner Wiege und wird verwundert angeschaut.

Haben wir das gemacht?

Nein, nein, sagt sich Florence vor dem Dom ihrer Patenstadt, das waren nicht sie. Die Hülle schon, das Fleisch, und auch die Knochen, das Blut.

Aber mich?

Diesen kleinen Kern, der mich ausmacht, meine Seele, meine Gedanken, mein Herz, wie hätten sie das anstellen sollen?

Wer dann?

Sie betritt eine Kirche, es ist kühl dort drin, während draussen drückende Hitze herrscht. Sie bleibt lange, im Dämmerlicht, in der Stille.

Sie hat ein Zimmer in einer Pension an der Piazza della Repubblica im Zentrum der Stadt gefunden. Morgens, wenn es noch nicht zu heiss ist, besucht sie, was man besuchen sollte. Sie ist nicht sicher, ob sie Florenz mag, ob sie es schon jetzt mag, ihr scheint, dies ist eine Stadt, die sich nicht einfach so preisgibt, gleich auf Anhieb. Es wird ihr ein wenig eng in den schmucklosen Strassen, vielleicht folgt ihr ein junges Liebespaar, eng umschlungen, ein Geräusch von Küssen, zärtlichen Worten, gedämpftem Lachen.

Sie selbst ist allein.

Stan. Harry.

Die Liebe liegt hinter ihr, jetzt schon.

Die Liebe, wer weiss, wird nie wieder zurückkehren.

Man muss andere Lebensinhalte finden.

Donata wird im kommenden Herbst erscheinen. „Warten Sie nicht mit dem zweiten Buch“, hat der Verleger ihr nahegelegt.

Nachmittags, in ihrem Zimmer, versucht sie es. Sie hat eine Geschichte im Kopf, bei der es um eine Gruppe von Büroangestellten geht. Sie möchte von der Langeweile der Arbeitszeit, der monotonen Arbeit erzählen, den Gedanken äussern, dass „das wahre Leben anderswo ist“, aber auch, dass ein Entrinnen schwierig, wenn nicht gar unmöglich ist. Sie ist von dem Thema nicht begeistert, im Gegenteil, sie findet es sogar zum Gähnen. Ihre Figuren kommen ihr farblos vor, „konstruiert“, der Stil ist ungelenk, geschraubt, jeder Satz macht ihr Mühe.

Der Elan, der sie bei *Donata* von Anfang bis Ende getragen hatte, was war das nur? Die Inspiration, angeblich. Doch was noch? Woher kam sie, und wohin ist sie entschwunden? Was tun, um sie wiederzufinden? Versuchen, von Stan zu erzählen? Doch sie kann sich nicht mehr auf das verlassen, was sie mit ihm erlebt hat, ihre gemeinsame Geschichte kommt ihr oft wie ein ferner Traum vor, an der Aussengrenze zur Jugend – vielleicht ein erster und letzter Versuch, jene bedingungslose und unglückliche Liebe ihrer Kindheit auszuleben, wirklich auszuleben. Stans Gesicht verblasst nach und nach: Sie versucht, es sich zu vergegenwärtigen, und da taucht plötzlich das von Charles auf, sein schönes, gleichgültiges Gesicht.

Harrys Gesicht hingegen findet sie mühelos wieder. Was sie für Freundschaft gehalten hat, war das in Wirklichkeit nicht ihre erste Liebe als Frau gewesen?

Wie soll man in einer solchen Gefühlsverwirrung nur schreiben?

Sie zerreisst die Blätter, die sie eben vollgeschrieben hat, und es macht ihr Spass, sie in dem hässlichen Pensionszimmer um sich herum zu verstreuen.

Der Schweiss läuft ihr übers Gesicht, vermischt mit Tränen der Ohnmacht, der Angst.

Ihr ganzes Leben lang wird sie eine kleine Sekretärin sein. Eine kleine, nun ja, am Anfang noch ... Dann eine Sekretärin reiferen Alters und schliesslich eine alte Sekretärin.

Sie hat mehr Selbstmitleid, als man haben darf.

Es ist vielleicht eine Art Depression, über die man mit jemandem sprechen müsste. Doch mit wem?

Auf der Strasse, abends, wenn sie essen geht, laufen ihr Männer nach, sie hauchen ihr unzweideutige Angebote zu, die sie nicht versteht. Sie, die das starke Bedürfnis hatte, angeschaut zu werden, möchte sich nun unsichtbar machen, sich zusammenrollen, sich wie ein Igel in ein Stachelkleid flüchten. Sie fühlt sich nackt unter den Blicken, die sich auf sie heften, die ihr an den Schultern, vor allem am Hintern kleben, da man die Dinge nun einmal beim rechten Namen nennen muss, darauf schauen sie nämlich, die Männer, auf ihren Hintern, ihren Arsch, und nicht auf sie.

Sie ist ein paar Tage früher als geplant zurückgekehrt.

„Und?“ hat Lydia mit einer Art Gier gefragt. „Wie war's in Florenz, Florence?“

Sie sagte, herrlich, wirklich herrlich.

Genau in dem Augenblick hat sie beschlossen, sich ein Appartement zu nehmen, aus dieser Wohnung auszuziehen, bevor sie sich über ihr wie eine jener fleischfressenden, fliegenverschlingenden Pflanzen schliessen würde.

Sie wird eine lange Durststrecke vor sich haben.

Trotz des Erfolgs von *Donata* sind da endlose Tage im Büro und, monatelang, das allabendliche Schreiben, schwierig, undankbar, verkrampft. Zum Verzweifeln.

Sie glauben, sie dürfen sich alles erlauben.

Diese alleinstehende junge Frau in einem Appartement, wo ihre Eltern doch in derselben Stadt wohnen, was ist das für eine? Eine Hure? Nein, das wohl doch nicht. Aber bestimmt eine mit lockerem Lebenswandel. Warum sollte man sich da Zwang antun.

Anfänglich, wenn die Männer sie heimbegleiteten, lud sie diese jeweils noch auf ein Glas ein. Arglos. Den ganzen Abend waren sie korrekt, höflich gewesen. Sie brauchte den Kontakt zu den Männern, musste mit ihnen reden, ihnen zuhören. Gleichaltrige Frauen fand sie manchmal ermüdend. Dabei hatte sie überall Freundinnen gewonnen. Im Architekturbüro, wo sie arbeitete, aber auch anderswo. Man geht zusammen aus, ins Kino, ins Theater, ins Konzert, man redet dummes Zeug, man ist ja noch jung.

Bei den Männern ist es etwas anderes. Warum sollte man sie sich vom Leib halten?

Da sitzen sie, in dem Appartement – ein Appartement, eingerichtet mit von überall her zusammengetragenen Möbeln, solchen vom Flohmarkt, anderen, ebenfalls billigen Möbeln aus Warenhäusern, nichts Persönlichem, Charles und Lydia wollten nicht, dass sie die Möbel ihres Zimmers mitnimmt, ein leeres Zimmer in einer Wohnung sei etwas zu Trostloses –, da sitzen sie, ganz brav. Es wird geredet, und oft erzählen sie auch Interessantes.

Und plötzlich ... Sie haben alle ungefähr dieselbe Strategie: Sie wechseln den Platz, kommen und setzen sich neben sie auf das Sofa (ich müsste einen zweiten Sessel kaufen, denkt sie), sie stellen ihr Glas auf den Tisch, und ihre Hände setzen zum Näherkommen an. Es sind meistens rauhe, aggressive Hände – sie versucht, nicht an Charles' lange, geschmeidige weisse Hände zu denken –, Hände, die den Krieg erklären und nicht die Liebe. Sie schiebt sie zur Seite, zunächst höflich, dann immer energischer. Doch es kommt immer der gefürchtete Augenblick, da man reden, einen überzeugenden, entscheidenden Satz finden muss. Sie hat nicht gelernt, „ich will" oder „ich will nicht" zu sagen, immer ist sie ausgewichen, hat Tricks gebraucht, während ihrer ganzen Kindheit, ihrer ganzen Jugend. So dass ihre Verteidigungsart jetzt erbärmlich ist: „Ich möchte, dass wir Freunde bleiben ..."

Worauf sie sagen, natürlich, dem steht nichts im Wege, im Gegenteil, wir werden dicke Freunde sein, du wirst schon sehen.

Man muss etwas anderes finden. Bloss was? In ihr herrscht Stille. Ihr Körper sagt weder ja noch nein, ihr Kopf auch nicht. Man könnte es tun, man könnte es auch nicht tun. Die Moral, an die kann man sich nur schwer klammern, die Jungfräulichkeit hat ihren Wert verloren, im übrigen ist sie nicht mehr Jungfrau, es wäre mies, den Männern das weismachen zu wollen. Um ein Haar sagt sie, dass sie einen Verlobten hat, irgendwo, einen Geliebten, oder dass sie lesbisch ist, doch sie kann nicht mehr mit der seelenruhigen Unverschämtheit von früher lügen.

Das Ganze endet immer mit einem lächerlichen kleinen Streit. Sie gehen gekränkt, gedemütigt weg. Ein Bursche, der von Zürich gekommen war, um sie zu sehen, und den sie so freundlich wie möglich hinauskomplimentiert hatte, rief sie um vier Uhr morgens an: „Es wird Sie freuen zu hören, dass ich kein Hotelzimmer gefunden habe, ich verbringe die Nacht im Wartesaal des Bahnhofs." Mit einem starken Deutschschweizer Akzent, der seinen Worten etwas Drohendes verlieh. Sie hatte nicht mehr einschlafen können, wegen der Schuldgefühle, und stellte sich diesen ehrbaren Kaufmann vor: zusammengerollt auf einer Bank, mehr schlecht als recht in seinen Mantel gehüllt, ihretwegen zu einer Art übelriechendem Clochard geworden.

Manchmal bekam sie von ihrem Körper ein paar schwache Zeichen, so dass sie es geschehen liess. Statt dass man in sie eindrang, wäre sie dann – ihr weiches Fleisch und dieses Steinharte, das sie wund scheuerte – am liebsten selbst eingedrungen in diesen Männerkörper, in dieses Leben, in dieses Herz, falls es eines gab. Doch all das war unzugänglich, in der Defensive, mit festumrissenen Grenzen, einer glatten Haut, keinem Riss.

Manchmal, trotz allem, die Lust.

„Na, glücklich?"

Diesen leisen, triumphierenden Unterton, dieses Lächeln, wie sie das hasste.

Sie sagte ja und dachte, Lust und Glück ist zweierlei, und es ist dumm, wenn man sie partout durcheinanderbringen will. Und die Liebe, das wusste sie genau, war in diesen Augenblicken ferner denn je.

Schliesslich hat sie niemanden mehr in ihr Appartement mit hinaufgenommen. Ich habe keine Zeit gehabt zum Putzen, überall Staub und Unordnung. Aber das macht doch nichts. Doch, doch, ich versichere Ihnen, ich würde mich schämen … Dabei war ihr der Haushalt völlig egal. Es war zum Weinen.

Und sie weinte oft. Über die Einsamkeit, über die Schwierigkeit zu leben, wo doch andere … Wo doch Charles und Lydia diese Liebe, dieses Einvernehmen stolz wie eine Standarte zur Schau trugen. Eines Tages hatte sie den Mut und fragte sich, ob nicht alles nur Schein sei, weil sich beide eine schöne Geschichte erzählt hatten und keiner zugeben wollte, dass sie nicht ganz stimmte. Hinterher hatte sie sich dann der Eifersucht, der Böswilligkeit bezichtigt. Die beiden hatten sich ein für allemal gefunden, basta, und in ihnen war nicht mehr der geringste Platz für Fragen und Zweifel gewesen.

Würde ihr das nie passieren? Mit sich selbst im Einklang sein, versöhnt, wie damals bei Stan und Harry, aber ohne Trennungsschmerz?

Die Hausmauern sind dick und dafür geschaffen, den Witterungseinflüssen, dem Toben des Atlantiks zu widerstehen. Trotzdem kann man drinnen, selbst bei relativ ruhigem Wetter, das gleichmässige Rauschen der Brandung hören. Das Dach ist dunkelgrau und steil und hat einen Kamin, der jeden Abend raucht.

Da sitzen sie vor den Flammen, sie und er.

Sie, Florence, geht auf die Dreissig zu, er, Sylvain, ist zehn Jahre älter als sie, Journalist, eingefleischter Junggeselle, lässig, verführerisch, mal bissig, mal zärtlich. Einen ganzen Monat lang, ein paar Kilometer von der Pointe du Raz entfernt, erleben sie in dem Haus unten in einer Talmulde das, was sie unbesonnen eine grosse Liebe nennt.

Bei ihm weiss man nicht so recht, was es für ihn ist. Ein Intermezzo, ein Einschiebsel? Will er irgendeine Enttäuschung vergessen, die einzugestehen er sich hütet? Er sagt nichts Näheres, er sagt, wir sind zusammen in den Ferien, wir fühlen uns wohl, die Zeit scheint stillzustehen. Er sagt nie, ich liebe dich, doch das beachtet sie nicht. Die Gesten reichen ihr aus.

Die Nächte.

Sein Blick auf ihr. Die Aufmerksamkeit, die er ihr schenkt, mit der er ihr zuhört.

Sie erzählt von sich. Schon immer dachte sie, die Liebe sei genau das: dem anderen nichts verschweigen, ihn an seiner Vergangenheit, seinen Gefühlen, seinen Sorgen teilhaben lassen. Das Flossbett, Charles, Lydia, Stan, ihre Kriegsliebe, Harry während der Monate in Paris und vor allem *Donata,* diese irre Hoffnung, die sie hatte, Schriftstellerin zu werden. Die Fehlschläge danach. Und dann die Langeweile der Büroarbeit, die Arbeitszeiten, die sie nur mit grosser Mühe einhalten kann, der Radiergummi, der Löcher ins Papier macht, die unleserlichen Durchschläge, der Tippfehler, der immer genau auf der letzten Zeile eines tadellosen Briefs passiert.

Er hört zu. Er sagt, dass *Donata* ein gutes Buch ist, dass sie nach dem zweiten Manuskript, dem misslungenen, hätte weitermachen müssen. Und auch, dass es noch nicht zu spät dafür ist.

Dann nimmt er sie in die Arme. Sie liebt den salzigen Geschmack seiner Haut. Sie liebt seine dicken Pullover, seine Jeans, seine etwas zu langen Haare, seine Lässigkeit, seine Verachtung für die Spiesser, seine Bildung. Sie hat es gern, dass er ihr Gedichte von Apollinaire und Eluard vorträgt. Sie entdeckt gern mit ihm die Wörter und deren Macht.

Das Leben gleicht dem, was sie von ihm erwartet hat. Es gibt nichts mehr zu wünschen, nur dass das fortdauern, dass all das nicht zu Ende, nie zu Ende gehen möge.

Sie weiss nicht, welcher Tag es ist, sie schaut nicht mehr auf ihre Uhr.

Sie ist wie in einer Seifenblase, weiss nicht, will nicht wissen, dass diese unbeständig ist und platzen wird, was immer kommen mag, Ende Juli.

Er lässt sich lieben. Liebt ebenfalls, dessen ist sie sich sicher. Wenn sie auch vor der Abreise von Freunden gewarnt worden ist: „Treulos, ein Spieler, hat an jedem Finger eine."

Lästermäuler, dachte sie. Und dann: Bei mir wird das ganz anders sein.

Sie gehen im Regen spazieren, betrachten die grauen Wolken am bretonischen Himmel, der mit keinem anderen zu verwechseln ist, launisch, unbeständig, und an dem immer der Seewind dahinfegt. Bei schönem Wetter gehen sie zur Baie des Trépassés hinunter. Möwen fliegen schreiend um die hohen Felsen, über den Wiesen, auf denen Heidekraut blüht. Der Strand ist menschenleer. Sie baden in den wilden Wellen, reden lachend von der Grundsee, die manchmal Unvorsichtige wie sie mit sich fortreisst.

Das Spiel mit der Gefahr gehört zu diesem Glück, unvorsichtig auch es.

Sie ernähren sich von Muscheln, von Fisch, den sie im Kamin grillen, von *crêpes à la confiture.*

Sie lernen keltische Worte, staunen über ihre weichen und rauhen Klänge.

Sie sagt, wie allein sie ist in dem Appartement, in welchem sie jetzt lebt, fern von Charles und Lydia. Wie dunkel es ist, wenn man die Tür aufmacht, abends beim Heimkommen, wie still es ist. Keine Schritte mehr auf der Treppe, kein Schlüssel mehr im Schloss.

Kein Blick mehr. Sie wagt es und sagt: Wenn mich niemand anschaut, ist das so, als existierte ich gar nicht.

Er sagt, er versteht.

Er versteht alles.

Liebhaber, grosser Bruder, Freund. Auch Vater, warum denn nicht? Ein Vater, der sich für sie interessiert.

Manchmal weint sie: „Was ich nicht alles gegeben hätte, als ich noch klein war, nur damit er mich sieht."

Er tröstet sie. Findet Worte.

Er sagt nicht, dass er jetzt bei ihr ist, dass er immer für sie da sein wird.

Doch genau das hört sie heraus.

Sie haben sich in Quimper getrennt. Sie musste am Montag darauf dringend wieder ins Büro. Er aber wollte gerne noch etwas durch die Bretagne bummeln.

Die Seifenblase war geplatzt, die Zeit hatte die beiden eingeholt, würde sie nicht mehr loslassen.

Sie denkt an jenes Bild von Masaccio in Florenz: das aus dem Paradies vertriebene Paar, die Verzweiflung der beiden, ihre Schmach.

Wie weiterleben, wenn man das Absolute erlebt hat? fragt sie sich.

Ein paar Wochen später.

Sie ist in ihrem Appartement, in der Kälte der Einsamkeit. Er ist zurück, sie weiss es von Freunden, doch er hat sie noch nicht angerufen. Sie weicht nicht von ihrem Telefon. Wartet. Wagt nicht wegzugehen. Stürzt sich auf den Apparat, wenn es klingelt. Doch es ist nicht er, es ist nie er. Sie möchte die Person am anderen Ende des Drahtes am liebsten beschimpfen. Dann hängt sie auf und beginnt wieder zu warten.

Beim Wiedersehen mit ihm zwingt sie sich zu glauben, dass sie nun wieder mit ihm zusammen ist. Doch sie weiss genau, dass das nicht stimmt. Macht es ihm Spass, sie zu quälen? Sie kann es nicht ausschliessen. Ein Jahr lang wird er über ihr Leben herrschen, wird er ihr Wettermacher sein, die Hoffnung genau dann schüren, wenn sie am Erlöschen ist, und sich genau dann entfernen, wenn sie glaubt, ihn zurückerobert zu haben.

„Du machst mir Angst“, wird er eines Tages sagen, „deine Art zu lieben macht mir Angst.“

Sie macht sich selbst Angst.

Nur noch durch einen Menschen existieren, widerwärtig.

Sie bringt den Mut auf, sich von ihm loszureissen. Zögert eines Abends, mit Tabletten in der Hand. Wirft sie schliesslich in die Toilette.

Sie beschliesst, das Büro zu wechseln, sie kann die immer gleichen Gesichter nicht mehr sehen.

Sie findet eine Stelle bei einer Versicherungsgesellschaft. Einer der Versicherungsvertreter ist ein solider Bursche, breite Schultern, freundliches Lächeln.

Vincent.

Er ist da, immer im rechten Augenblick. Ruhig. Beruhigend durch seine blosse Anwesenheit. Er ist dem Leben zugewandt, denkt sie manchmal, dem richtigen Leben, fern der zerstörerischen Leidenschaften, der Hirngespinste.

Sich auf jemanden verlassen können. Umsorgt werden. Genau das braucht sie jetzt. Dringend.

Und morgen?

Falls sie ihn heiratet, wird sie treu sein, das nimmt sie sich fest und feierlich vor. Selbst wenn sie einem ganzen Teil ihres Selbst den Rücken kehren muss. Selbst wenn sie die

Hoffnung aufgeben muss, dass die Zukunft einen überraschen, erschüttern, in Erstaunen versetzen wird.

Wird es nie mehr ein Warten geben?

„Tut mir leid, Madame", sagt der Gynäkologe ein paar Monate nach der Hochzeit, „aber Sie können bestimmt nie ein Kind kriegen."

Vincent tröstet sie: Wir können auch sehr gut ohne Kind leben, sagt er, oder dann werden wir eins adoptieren, das macht nichts, nein, nein, man soll nichts bereuen.

Sie sind in eine kleine Wohnung gezogen. Vincent arbeitet viel. Sie gibt sich Mühe, eine gute Hausfrau zu werden, später, sagt sie, möchte ich vielleicht wieder eine Tätigkeit ausser Haus annehmen.

Wir werden ja sehen, sagt Vincent. Er sieht es gern, wenn alles aufgeräumt ist, wenn es nach Braten duftet beim Nachhausekommen. Jedem seine Rolle, sagt er auch, man kann es nicht mit allen Seiten halten.

Langweilt sie sich? Darüber denkt sie nicht nach. Sie hat nur das Gefühl, sich jeden Tag weiter von sich zu entfernen, doch das ist vielleicht ein Glück für diese ungestüme, labile junge Frau, immer auf der Suche nach dem Unmöglichen. Sie hat genug von sich, kann sich nicht mehr ertragen.

Charles ist dünner geworden, ohne dass sie etwas bemerkt hätte. Jetzt ist er etwas gebeugt und an manchen Tagen so müde, dass er zum Bedienen der Kunden hinter dem Ladentisch sitzen bleibt.

„Hat nichts zu bedeuten", sagt Lydia mit Panik in den Augen, „überhaupt nichts, er ist schon immer anfällig gewesen für saures Aufstossen."

Man sieht, wie sich die Knochen unter seiner Haut abzeichnen. Was sagt der Arzt? Alles in Ordnung, versichert Charles, er hat mir ein Mittel gegen die Schmerzen gegeben, sie sind schon viel weniger stark.

„Ein hervorragender Arzt“, fügt Lydia noch hinzu, ganz steif vor Schrecken.

Jeder weiss, dass Charles bald sterben wird. Er am besten. Der Tod ist da, ein nicht mitteilbares Geheimnis, das jeder schweigend trägt.

Zwei Monate, drei Monate. Es liegt bestimmt an der Beklemmung, die ihre Periode ausbleiben lässt, so etwas soll vorkommen. Der Gynäkologe war seiner Sache ganz sicher. Bestimmt an der Beklemmung, am Kummer, an Charles' nahem Ende und an der Angst, die sie erfasst bei dem Gedanken an die Schmerzen, die er noch wird ertragen müssen.

Dennoch … Ein anderer, jüngerer Gynäkologe: „Aber natürlich sind Sie schwanger, Madame.“ Sie schaut ihn an, ungläubig. Und er, hocherfreut: „Der Test trügt nicht.“

Sie weiss nicht, ob sie glücklich ist, wie sollte sie auch in einer solchen Situation?

Doch sie findet zum Warten zurück.

Zum Warten auf das Leben, zum Warten auf den Tod, so dicht beieinander, dass sie miteinander verschmelzen. Das Baby hat sich genau an dem Tag in ihrem Bauch bewegt, als Lydia – man konnte sie fast nicht verstehen, so heftig schluchzte sie – anrief und sagte, Charles sei mitten am Nachmittag aus der Apotheke heraufgekommen, habe sich ins Bett gelegt und einfach nur gesagt, wie eine Selbstverständlichkeit: Ich kann nicht mehr.

Das Baby bewegt sich immer mehr, strampelt, als versuchte es, den Tod zu töten.

Pablo, der die Terrasse seines Restaurants fegt, hat mich erkannt: Er lächelt mir zu und sagt, er spendiere mir einen Kaffee. Während ich mich an einen Tisch setze, stellt er den Besen hin, verschwindet drinnen und kommt ein paar Augenblicke später mit zwei Tassen zurück.

Noch ist der Hafen menschenleer.

„Stehst aber früh auf", sagt Pablo.

Wie die Frau in Schwarz duzt auch er mich. Ist Duzen etwa üblich geworden im Lande von Juan Carlos, oder macht sich der Zufall einen Spass daraus, mir Nostalgiker der kurzlebigen Volksrepublik über den Weg zu schicken? Ich muss der Sache nachgehen: Ich habe noch alles zu lernen über meine neue Heimat.

Pablo fragt mich, warum mich mein Mann nie begleite, er habe mich von weitem im Dorf gesehen, sagt er, allein. Ist er krank, dein Mann?

Ich erkläre, mehr schlecht als recht, er gehe erst wieder aus dem Haus, wenn die Urlauber weg seien, er vertrage es schlecht, dass es hier so viele Ausländer habe, dass man all diese Häuser gebaut habe. „Er bedauert, dass ihr euren Boden einfach so verkauft habt."

„Was blieb uns denn anderes übrig?" fragt Pablo. „Arm bleiben?"

Sein Gesicht hat sich verfinstert: „Deinem Mann ist es wohl lieber, wenn wir verhungern oder bei euch die Strassen ausbessern?"

Er fügt noch hinzu, ich soll einmal ins Landesinnere gehen, da würde ich dann schon sehen, wie man heute in

Spanien noch immer lebt, wenn man nicht das Glück hat, aus einer Touristengegend zu stammen. Und überhaupt, ist es nicht besser, man verkauft das Meer und die Sonne als Öl oder Waffen? „Wie ihr."

Ich sage, in der Schweiz gibt es kein Öl.

„Ich rede von den Waffen", sagt Pablo, „und eure Berge, euren Schnee, verkauft ihr die etwa nicht? Und euren Kerl da, diesen Schützen, wie heisst er noch mal?"

„Wilhelm Tell?"

„Kann sein, ich weiss nicht mehr ... Der mit dem Apfel."

„Wilhelm Tell, ja."

„Verkauft ihr den etwa nicht? Und eure Kühe."

„Unsere was?"

„Eure Kühe", wiederholt er.

Er beginnt zu lachen: „Wir wollen uns nicht streiten. Aber ich möchte schon, dass dein Mann einmal kommt, wenn ich Zeit habe, und dann reden wir von Mann zu Mann."

Ich versuche mir einen Wintertag vorzustellen, blau und kühl. Vincent sitzt mit Pablo am Tisch, er redet, hört zu, geht auf das Gespräch ein. Doch ich kann mir diese Szene nicht vor Augen führen. Sie ist verschwommen, unwirklich. Wenn der Winter da ist, wird sich Vincent andere Vorwände ausdenken, um seine Isolation zu verteidigen.

Pablo erzählt mir von seinem Leben, seiner Kindheit, sieben Geschwistern in dem kleinen Marktflecken Alcoy, auf der Strasse von Alicante nach Jativa, der Vater Kommunist, die Angst unter Franco, und dann die Emigration, Kellner in Frankreich, in Belgien, in der Schweiz, Luzern. Und seit sechs Jahren nun dieses Restaurant.

„Hier bin ich zu Hause", sagt er.

Nach einer Weile setzt er noch hinzu: „Hier werde ich von den Ausländern respektiert. Daher stört es mich auch nicht, wenn es viele sind."

Er trinkt seine Tasse aus, steht auf, nimmt wieder den Besen zur Hand: „Es ist ein Unterschied, ob man seine eigene Terrasse oder die der anderen fegt. Das kannst du ihm erklären, deinem Mann ..."

Vincent lachte schallend.

Ich hatte ihm von diesem Gespräch berichtet und noch gesagt, dass mir das Menschliche an dem Austausch mit Pablo zu Herzen gegangen sei, als ob uns nicht alles trennen würde, Herkunft, Bildung und ...

Ja, er lacht, Vincent, aus vollem Halse.

„Du bist ja noch naiver, als ich gedacht habe", sagt er. „Ach, du bist wirklich genau wie dein Vater!"

Und plötzlich heftig, als wäre das gegen ihn persönlich gerichtet: „Diese Manie, alles durch die rosa Brille sehen zu wollen. Alle sind gut, alle sind lieb, nicht wahr? Du merkst wohl nicht, dass er seine Gäste in ein paar Monaten an den fünf Fingern abzählen kann, dein Freund Pablo, und es für ihn von Vorteil ist, sich deine Gunst zu sichern ..."

„Das Menschliche", brummt er, indem er wieder zu seiner Zeitung greift, „das Menschliche ..."

Ich hasse ihn.

An jenem Tag bin ich erst gegen Abend an den Strand hinuntergegangen. Es war kein einziger Badegast mehr da. Das Meer war dunkelblau, fast schwarz. In der Nähe des Peñón wurde der Himmel rot, purpurn, violett – das Gemälde eines auf grelle Farben versessenen Malers, an der Grenze zum schlechten Geschmack.

Ich bin lange geschwommen.

Bis ich den Eindruck hatte, mich im Meer aufzulösen, zu ihm zu gehören, und ich Lust bekam, meine Müdigkeit auszunützen, um mich gehen zu lassen.

Ich legte mich auf den Rücken. Ich trieb dahin wie ein Stück Holz.

Hier einschlafen.

Der Sommer geht seinem Ende entgegen. Die Anzeichen dafür sind noch fast nicht wahrnehmbar, doch ich habe Zeit genug, sie zu beobachten: die Sonne tiefer am Horizont, das Wuchern der Blumen, ihr Duft, der sich abends mit dem Gestank der Abfälle vermischt, die immer schwerer zu beseitigen sind.

Der Peñón ist morgens und abends in leichten, bläulichen Dunst gehüllt.

Die Urlauber drängen sich dichter denn je in der Schwüle der Hundstage.

Ich weiss, wo ich Ruhe, Stille finden kann. Ich fahre über den kleinen Pass, und nach etwa zehn Minuten von unserem Haus entfernt bin ich in der noch unberührten Natur, die ich entdeckt habe.

Ich setze mich auf eine Trockensteinmauer.

Die Oliven reifen heran. Ein Bauer pflügt einen Acker, indem er einen altertümlichen Pflug vor sich herschiebt. Auf einem Weg geht eine Frau neben einem kleinen grauen Esel her.

Ich bin hier wirklich in Spanien, und ich fühle mich hier wohl.

Ich mache Pläne. Das rote Heft wird bald voll sein, ich werde mir noch ein weiteres, dickeres kaufen. Wenn ich dann mit meinen Erinnerungen fertig bin, werde ich eine Geschichte erfinden.

Nach all den Jahren der Dürre wird das wieder möglich sein, ich weiss es. Es zeichnet sich bereits eine Figur mit noch unscharfen Konturen ab, vielleicht Donata ein paar Jahrzehnte später. Ich werde die Worte finden können, um ihr Leben einzuhauchen.

Das Glück zu schreiben wird mich diesmal nicht mehr verlassen.

Die Frau in Schwarz mit dem zerfurchten Gesicht und dem mädchenhaften Gang geht noch immer jeden Abend den Hügel hinunter und wieder hinauf. Manchmal winkt sie mir. Eines Morgens habe ich vor dem Gartentor drei Zitronen in einem Korb gefunden.

Die ganze Nacht vom 10. auf den 11. August habe ich auf der Terrasse verbracht. Ich dämmerte im Sessel vor mich hin, betrachtete aber vor allem den Himmel: Kein Feuerwerk hat jemals dem phantastischen Schauspiel der Sternschnuppen, die Striche durch die Dunkelheit ziehen, den Rang ablaufen können.

Der Lichterregen hat lange gedauert.

Anderswo ist der Sommer voller Gewalttaten.

Jugoslawien explodiert, Albanien verzweifelt.

Tausend Flüchtlinge weigern sich, Bari zu verlassen. Sie sind mausarm, sie sind hungrig und durstig, sie stinken, sie verkünden, dass sie das schlechte Gewissen Westeuropas sein wollen.

Sie seien temperamentvoll gewesen, gut gekleidet, zu allem entschlossen, die Soldaten Mussolinis, als sie im April 1939 in Albanien einmarschierten.

„Sehe da keinen Zusammenhang“, sagt Vincent. „Du machst immer so dumme Verknüpfungen.“

Ein paar Tage später lobt er die italienische Regierung, weil sie zu einer hinterhältigen List gegriffen hat, um diese Störenfriede diskret zurückzuschaffen.

„Stell dir mal vor, wenn sich dieses ganze Volk von Habenichtsen über Süditalien ergiessen würde!“

Über das algerische Radio erfahre ich vom Staatsstreich in der Sowjetunion. Vincent ist wütend, weil er keine aktuellen französischen Zeitungen finden kann. Er hört nicht zu, als ich ihm einen Artikel aus *El País* übersetze, und er lehnt es ab, sich die Sendungen aus dem Maghreb anzuhören.

„Ich glaube nichts von all dem, was die da erzählen, deine Araber.“

Er will unbedingt *France Inter* empfangen, das man nur schlecht hören kann, und jammert, weil man ihn um „sein“ Radio gebracht hat, das einzige, das alleinige, das seiner Meinung nach sachlich, vertrauenswürdig ist: das *Radio Suisse Romande.*

„Wenn man bedenkt, dass wir ja nicht einmal Fernsehen haben!“

„Was hindert uns daran, einen Apparat zu kaufen?“

„Um was zu sehen? Wie deine Spanier idiotische Spiele zeigen, bei denen ich nichts verstehen würde?“

Meine Araber. Meine Spanier.

Was nimmt er mir denn so übel? Was ist das für ein Groll, den er im Laufe der Jahre still für sich genährt hat?

Der Abstand zwischen uns wird immer grösser.

Wir werden alt sein, jeder für sich, wir werden getrennt sterben.

In Pablos Restaurant herrscht ein Gedränge vor dem Fernsehapparat.

In Moskau stehen die Menschen zu Hunderten unbewaffnet den Panzern gegenüber.

Ein blondes Mädchen hält eine Ansprache an die Soldaten.

Alte Frauen weinen.

Hier schweigt man, hält den Atem an.

Die Spanier, die ansässigen Ausländer, die Augusturlauber, alle Nationalitäten zusammen.

Manche haben Tränen in den Augen.

An dem Abend, als die Bilder von der jubelnden Menge nach dem gescheiterten Putsch ausgestrahlt werden, schliesst mich eine Engländerin, die ich nicht kenne, in die Arme und küsst mich.

Als ich nach Hause komme, hat sich Vincent bereits in sein Zimmer eingesperrt.

Trotzdem versuchen, noch etwas mit ihm zu teilen: „Vincent, irgend einmal im Winter, wenn es weniger Verkehr hat, möchte ich, dass wir uns den Ort ansehen, wo Mittelmeer und Atlantik aufeinandertreffen. Ich träume nämlich schon lange davon."

„Wer hat dir gesagt, dass es diesen Ort gibt?"

„Schau doch mal auf der Karte. La Punta de Tarifa ..."

„Und du glaubst, da gibt es was Besonderes? Wasser,

nichts weiter." Er fügt noch hinzu, spöttisch: „Ich kenne dich, ich weiss, was du dir in deinem Köpfchen vorstellst. Auf der einen Seite der Ozean, auf der anderen das Mittelmeer, fein säuberlich getrennt."

Ich sage, ich sehe sie tatsächlich ganz deutlich vor mir, diese blauen und grauen Wellen, die aufeinander zu stürzen, sich selbst wegsterben und dann in anderer Form neu entstehen.

Er zuckt die Schultern: „Du wirst also immer weitermachen mit deinen Tagträumereien, meine arme Flo? Man könnte meinen, du seist noch immer acht."

Auf der Terrasse, nachts, erschreckt mich die unendliche Weite des Himmels nicht mehr. Manchmal nehme ich dort etwas wahr, eine Art grossen Atem, das hält zwar nur ein paar Sekunden an, dann gibt es bloss noch die Tiefe, die schwindelerregende Tiefe.

Zurück bleibt dennoch eine ganz leise Hoffnung.

Oder unmittelbar vor dem Einschlafen ist mir zumute, als spürte ich die langsame, gleichmässige Bewegung, die mich der Zeit entlanggleiten lässt. Ich träume dann, dass es keine Grenze, keinen Bruch gibt: Dort draussen treffen Leben und Tod aufeinander, verschmelzen miteinander, wie die Wasser des Mittelmeeres und des Atlantiks an der Punta de Tarifa.

Anfang September gab es eines Nachts ein Gewitter mit stürmischem Wind und sintflutartigen Regengüssen.

Das Haus wie ein Schiff im Sturm.

„Du willst doch bei dem Wetter nicht auf der Terrasse bleiben?“

Ich ging einen Augenblick hinein. Als sich das Ganze dann etwas beruhigt hatte, als es keinen Donner und keine Blitze mehr gab, sondern nur noch Regen und Windstösse, machte ich alle Fenster und alle Türen auf. Der Geruch von feuchter Erde, von Blumen drang herein. Der Wind blies quer durchs Haus.

Es gab keinen Unterschied mehr zwischen Drinnen und Draussen.

Er schiebt seinen Teller zurück: „Das geht wirklich nicht mehr."

„Was denn?"

In meiner Stimme liegt mehr Aggressivität, als ich möchte. Es war angenehm warm auf der Terrasse, im Schatten des Sonnenschirms.

„Dein Essen."

„Was ist mit meinem Essen?"

Er zögert, die Gabel in der Luft, sucht nach dem passenden Ausdruck, findet den verletzendsten: „Zum Kotzen."

Ich könnte ja beispielsweise sagen, das stimmt, alles ist aus den Fugen geraten, seit wir hier sind. Zuvor liefen die Handgriffe wie am Schnürchen, ich brauchte nicht einmal daran zu denken. Die kleinen Gerichte, die ich zubereitete, waren köstlich, weder zuviel Salz noch zu wenig, schön durchgebraten, mit viel Liebe zubereitet, schön gegrillt, knusprig. Hier bin ich aber noch unbeholfener als eine Anfängerin.

Ich würde noch hinzufügen, entschuldige bitte, tut mir leid, er ist wirklich eklig, dieser Fisch. Das *mea culpa* der reuigen Hausfrau. Vincent würde verzeihen, grossmütig.

Statt dessen: „In der Welt geht alles drunter und drüber, und du denkst nur an …"

Er fährt mir brutal ins Wort: „Soll man vielleicht nicht mehr essen, weil der Kommunismus vor die Hunde geht und sich Serben und Kroaten gegenseitig die Bäuche aufschlitzen?"

Ich werfe meine Serviette auf den Tisch: „Mir ist der

Appetit vergangen, schau selbst, wie du zurechtkommst, ich verziehe mich ..."

Ich habe noch nie diese Sprache verwendet, es ist die von Thomas und seinen Kollegen.

Vincent ist verblüfft, kommt aber schnell wieder zu sich: „Nimm nicht den Wagen, ich brauche ihn vielleicht später noch."

„Was du nicht sagst, du wirst schlafen wie gewöhnlich. Aber ich habe ja Beine, Gott sei Dank."

Ich habe mich noch umgewandt, bevor ich die Terrasse verliess: Vincent sitzt da, reglos, die Hände auf dem Tisch, seine Gabel ist mit einem leisen Klirren auf die Steinplatten gefallen, er schaut mich an, als ob er mich zum erstenmal sähe.

Man könnte ihn fast rührend finden.

Und schon bin ich draussen in der Hitze. Ich gehe am Wagen vorbei und laufe mit grossen Schritten den Weg hinunter. Doch ich bleibe bald stehen, denn der Briefträger hat mir zugewinkt. Man begegnet ihm nur selten, seine Dienstpläne sind unregelmässig, eigenwillig, wie die der Männer von der Müllabfuhr. Trotzdem kommen die Briefe an, werden die Mülleimer geleert, wenn man sie an den richtigen Ort hinstellt. Die Nachlässigkeit ist erstaunlich effizient in diesem Land.

Der Briefträger kramt in seiner Tasche, reicht mir einen Umschlag. Ich erkenne Thomas' Handschrift. Es ist der zweite Brief, den er uns schickt, seit wir hier sind.

Es geht uns allen gut, schreibt er, die Kinder wachsen, Louise spricht schon ein wenig Englisch, Frédéric freut sich, dass er wieder in die Schule kann, Barbara ist am Inszenieren eines Stücks von Goldoni, es wird dann an einem kleinen Studententheater gespielt, sie ist sehr beschäftigt, doch „völlig begeistert“. Bei ihm ist alles nach wie vor O.K., die Arbeit, die Kollegen. Der Sommer war heiss, sie haben zwei Wochen mitten im Wald verbracht. „Und Ihr, werdet Ihr bald Telefon haben?“ fährt er fort. „Ihr wisst doch, ich schreibe überhaupt nicht gern. Warum ruft Ihr nie an?“

Ich schaue auf meine Uhr. Dort drüben ist es acht Uhr morgens. Ob ich wohl im Dorf eine offene Telefonzelle finden werde?

Ich renne fast. Und da kommt mir in den Sinn, dass es in meinem Alter ratsam ist, sein Herz zu schonen. Ich gehe langsamer, doch niemand wird dieses Herz, ob müde oder nicht, daran hindern, wie das einer Oberschülerin bei ihrem ersten Rendezvous zu schlagen.

Seine Stimme dringt mit leichter Verzögerung zu mir. Er wiederholt genau das, was ich eben in seinem Brief gelesen habe, und ich sage ihm, ich fühle mich wohl in Spanien, wirklich sehr wohl, Papa auch, aber ja doch, er soll sich um uns keine Sorgen machen.

Auf der Terrasse des *Delfín blanco* bestelle ich einen Kaffee und einen Jerez.

„Wenn du einmal Jerez richtig aussprechen kannst, dann bist du schon fast eine Spanierin“, sagt Pablo lachend.

Ich zünde eine Zigarette an. Ich sehe das Haus in Montreal vor mir, wohin wir ein einziges Mal gegangen sind, vor vier Jahren, Frédéric war damals zwei, Louise noch nicht auf der Welt. Auch damals inszenierte Barbara gerade irgendein Stück. Ein junges Au-pair-Mädchen aus Schweden, das weder französisch noch englisch konnte, war für sie eingesprungen. Sie leerte die Aschenbecher nicht, die sie mit Zigarettenstummeln füllte. Es herrschte eine schwindelerregende Unordnung in jedem Zimmer. Barbara sagte, das sei doch völlig unwichtig, das Leben sei aufregend, herrlich, es wäre falsch, seine Zeit mit Lappalien zu verschwenden.

Dass Vincent dies missbilligte, liess sie kalt. Sie machte sich sogar einen Spass daraus, ihn zu provozieren: „Was erzählt er da, unser Papachen?“ fragte sie mit ihrem starken Quebecer Akzent. Er brummte eine undeutliche Antwort vor sich hin, und sie brach in schallendes, freches, fröhliches Gelächter aus.

„Nie wieder“, sagte Vincent zu mir, sobald wir im Flugzeug nach Hause sassen.

Dieses schreiende, immer hungrige, allgegenwärtige Pausbackenbaby kann Lydia nicht mehr aushalten.

Sie ist eine offene Wunde. Man kann sie nicht anfassen. Wenn man die Hand nach ihr ausstreckt, weicht sie sofort zurück. Manchmal schweigt sie stundenlang. Manchmal schreit sie auch.

Florence und Vincent haben sie in Thomas' Zimmer untergebracht. Sie haben die Wiege neben ihr Ehebett ins Schlafzimmer transportiert.

Man kann Lydia keinen Augenblick allein lassen. Florence und Vincent lösen sich ab, richten es so ein, dass sie nie zusammen aus der Wohnung gehen. Vincent zeigt viel Verständnis, viel Liebenswürdigkeit. Florence wird ihm das nie vergessen.

Nachts kann Lydia nicht schlafen, trotz der Schlafmittel. Sie rollt sich im Bett zusammen, verbirgt ihr Gesicht unter dem Kissen. Sie sagt noch einmal, sie wolle sterben. Sie fragt, wo Charles ist. „Sag mir, wo er ist, es ist doch nicht möglich, dass er nirgendwo mehr ist."

Dieser Friedhof am Rande der Stadt. Ein Grab unter all den anderen.

„Sag mir, dass er nicht nur hier ist."

Florence versucht sie zu beruhigen, wie sie ein paar Jahre später Thomas beruhigen wird. Doch es gelingt ihr nicht, sie selbst hat nämlich auch Kummer. Einen stillen, tief vergrabenen Kummer.

Um jenen Mann, den ersten, den sie geliebt hat.

In so ohnmächtiger, so verzweifelter Liebe.

Sie streicht Lydia über die Stirn, über die Haare. Jetzt ist Lydia das kleine Mädchen. Man muss versuchen, ihr Zärtlichkeit zu geben, und vergessen, dass sie die ihre ausschliesslich für Charles bestimmt hatte.

In der Nacht erfindet Florence Worte, die besänftigen, sie lindert ihren eigenen Schmerz.

Nach langen Monaten wird Lydia wieder aufleben. Doch als Krüppel, als Versehrte.

Man wird eine Pächterin für die Apotheke finden.

Lydia wird in eine andere Wohnung ziehen und nie wieder ins Felsenquartier zurückkehren.

Thomas ist noch ganz klein, auch wenn man ihm eintrichtert, dass er jetzt ein grosser Junge ist.

Er hat Angst, sich von ihr zu entfernen. Irgend jemand, ein Erwachsener oder ein Kind, muss ihn einmal erschreckt haben, dass er im Alter von zwei Jahren mit einem Schlag so ängstlich wurde. Oder ahnt er etwa, dass sie ihn bei sich behalten möchte?

Im öffentlichen Park wagt er sich allein nicht bis zum Sandkasten vor, der nur ein paar Meter von der Bank gelegen ist, auf der sie zusammen mit Lydia sitzt. Wenn sie ihn dorthin bringt und dann zur Bank zurückkehrt, läuft er ihr, den Tränen nahe, gleich wieder hinterher und vergräbt sein Gesicht zwischen ihren Knien.

„Diese Launen", sagt Lydia, „sind doch inakzeptabel."

Sie ist seit Charles' Tod schmal geworden, knittrig und hager.

Sie interessiert sich nicht für diesen kleinen Jungen, sieht ihn nur selten, nimmt es ihm vielleicht übel, dass er Charles' Platz eingenommen hat. Das spürt er und schmiegt sich noch mehr als sonst an seine Mutter. Er ignoriert die „Oma". Auch er mag sie nicht.

Florence versucht es mit einer neuen Methode. Sie nimmt Thomas an der Hand, macht ein paar Schritte mit ihm in Richtung Sandkasten, sagt, er soll hier bleiben, und kehrt zur Bank zurück. Er fühlt sich sicher wegen der Nähe und gehorcht. Dann kehrt sie zu ihm zurück, führt ihn etwas weiter weg. „Hier bleiben, Thomas." Er bleibt.

Und so weiter.

„Eine Tracht Prügel, genau das hätte er verdient", sagt Lydia mit fiebrigen Händen auf den Knien und verzogenem Mund.

Ohne sie zu beachten, fängt Florence noch einmal von vorne an. Jetzt steht Thomas allein da, ganz dicht vor dem Sandkasten. Mit dem weissen Hütchen, dem roten Eimer und der Schaufel schaut er zu ihr herüber, die Knie aufgeschürft von einem Sturz neulich. Am liebsten möchte sie zu ihm rennen und ihn in die Arme nehmen, ihn zurückführen, neben sich setzen, zärtlich umsorgen.

Sie steht noch einmal auf, geht zu ihm hin, nimmt ihn an der Hand. Diesmal stehen sie im Sandkasten. Sie kauert sich nieder, hilft ihm den Eimer füllen.

Dann sagt sie ein letztes Mal: „Hier bleiben, mein kleiner Spatz."

Und geht weg.

Auch ihr kommt sie jetzt sehr weit weg vor, die Bank, auf der diese kleine Dame in Grün zusammengekrümmt sitzt.

Als sie noch ein Kind war, fiel es ihr nie schwer, von Lydia wegzugehen. Auf jeden Fall kann sie sich an so etwas nicht erinnern. Im übrigen ist Lydia in ihrer Erinnerung nie allein. Charlundlydia. Dieses doppelköpfige Wesen, diese beiden Körper in einem. Dieses Ganze.

Thomas bleibt im Sandkasten. Doch er spielt nicht. Er setzt sich in den Sand, Eimer und Schaufel neben sich, und streckt die Beine aus.

Lydia sagt, sie sei heute morgen an Charles' Grab gegangen, sie habe eine Hortensie gepflanzt, Charles habe Hortensien doch so sehr geliebt, die rosaroten und die blauen, die dort sei rosa.

„Schön, schön“, sagt Florence.

Sie betrachtet Thomas. Sie denkt, all die Mühe, die sie sich macht, ihm das Fernsein von ihr anzugewöhnen und erträglich zu machen, sie wird eines Tages nicht mehr nötig sein. Er wird aus freien Stücken weggehen, und sie wird sich an die Augenblicke erinnern, da die Welt für ihn noch kein anderes Gesicht hatte als ihr eigenes.

Die Schuhe

Das Kind betrachtet seine zu klein gewordenen Schuhe, betrachtet seine Füsse, berührt sie: „Was ist mit meinen Füssen?“

„Nichts, Thomas, sie sind nur gewachsen.“

„Hab ihnen aber nicht gesagt, sie sollen wachsen.“

„Sie sind aber trotzdem gewachsen.“

„Hab ich aber nicht gewollt.“

„Auch du wächst, überall.“

Seine Mundwinkel gehen nach unten. Gleich fängt er an zu weinen.

„Wachsen ist normal, und das ist gut so.“

„Und wenn ich aber klein bleiben will, kann ich das dann nicht?“

„Nein, natürlich nicht.“

„Warum kann ich das nicht?“

Er schluchzt.

Sie wiegt ihn in den Armen, sie kann diesen Kummer nicht so recht verstehen, macht sich ein wenig Sorgen.

Nach diesem schönen sonnigen Tag hält sie die Hand ihres kleinen Jungen, bevor er einschläft. Ihre Hände bilden eine lose Brücke zwischen den beiden Betten im Hotelzimmer. Die von Thomas ist lauwarm, ein wenig feucht, sie erschlafft, er ist am Einschlafen. Noch eine Weile, und sie wird sie sachte aufs Laken legen.

„Und wenn man tot ist, wo ist man da?"

Die Stimme ist fest, gebieterisch.

Am liebsten würde sie sagen, das weiss ich nicht, das weiss niemand, und dann sucht sie nach etwas anderem, man soll ja beschwichtigen, lügen: „Beim lieben Gott, mein kleiner Spatz."

„Wo denn beim lieben Gott?"

„Im Himmel."

„Aha", sagt der kleine Junge.

So, das hätten wir für heute.

Sie will sich darüber Gedanken machen, sich aufs nächste Mal vorbereiten, warum hat sie das nicht schon früher getan?

„Und wieso fällt man da nicht runter?"

Sie sucht nach einer Antwort, ihr Kopf wird ganz leer, Angst steigt in ihr auf.

„Der liebe Gott hält einen fest, schlaf jetzt, Thomas, es ist schon spät."

Schweigen.

Seine Hand hat sich von der ihren losgerissen. Da steht er am Rand ihres Bettes, klettert hinauf, kuschelt sich an sie, schlingt die Arme um sie: „Mich lässt er dann fallen ..."

„Aber nein, mein kleiner Spatz, er passt gut auf, er lässt niemanden fallen."

„Mich schon", sagt Thomas, „ich bin sicher."

Er schmiegt sich an sie an. Ganz fest. Als ob er wieder in ihren Bauch zurück wollte. Und auch sie möchte, dass er wieder dorthin zurückkehrt, dass sie ihn nicht zur Welt gebracht, in die Welt geworfen hätte, da sie doch unfähig ist, eine Antwort auf die einzig wichtige Frage zu geben, die einzige, die wirklich zählt.

Und in der Dunkelheit umarmen sie einander, wie ihr scheint, mit derselben Verzweiflung, trotz der Jahre, die sie voneinander trennen.

Und dann schläft Thomas ein. Sie lauscht seinem Atem.

Sie aber wird noch lange wach bleiben, die Hände im Nacken, an den Haarwurzeln, dort, wo die Haut ganz fein ist.

Beansprucht von Thomas, ihren gemeinsamen Spielen, den Geschichten, die sie sich erzählen, hat sie gar nicht gemerkt, dass Lydia es nicht mehr lange machen sollte.

„Isst du auch gesund?“ fragt sie sie manchmal.

„Ja, ja“, sagt Lydia.

Sie zieht sich nach und nach von der Welt zurück. Geht nicht mehr aus der Wohnung. Weist Thomas’ Besuche ab: Er ist so laut, er macht mich ganz fertig.

Wenn man sie besucht, liegt immer auf dem Tisch neben ihr die Schachtel mit den alten Fotos, notdürftig verschlossen, als ob sie den Deckel eilig draufgelegt hätte, bevor sie die Tür öffnete. Einen Augenblick zuvor lagen die Fotos wahrscheinlich schön eins neben dem anderen auf dem Tisch.

„Was hast du denn gerade gemacht, Mama?“

„Radio gehört.“

Man sieht genau, dass das nicht stimmt: Das Kofferradio steht nicht im selben Zimmer.

Vielleicht verbringt sie ihre Tage mit den Fotos von Charles? Charles als Baby, als kleiner Junge, als Jugendlicher, als Soldat, im weissen Kittel, Charles und sie aneinandergeschmiegt, ohne jede Scham, trotz des Fotografen. Charles als Kranker, fast unkenntlich.

Warum sie davon abhalten? denkt man, da das ihre einzige Freude ist.

Man will nicht sehen, dass sie geduldig, beharrlich ihren Tod vorbereitet.

Eines Morgens beschliesst sie, nicht aufzustehen. Man

ruft einen Arzt. Er hört sie ab, sagt, man müsste Untersuchungen machen.

Sie weigert sich.

„Du kannst doch nicht allein hier bleiben."

Sie sagt, dass eine Nachbarin für sie einkauft, dass sie noch die Kraft hat aufzustehen, um sich etwas zu essen zu machen.

Sie versteckt die Fotos nicht mehr. Sie liegen auf dem Bett und am Boden, rundherum.

Charles überall.

Eines Tages erzählt sie, er sei in der Nacht gekommen, er habe sich neben sie gelegt, sie gestreichelt, mit ihr gesprochen. Und er sei im Morgengrauen weggegangen, doch er werde wiederkommen.

Sie lebt nur noch für dieses Warten.

Was tun? fragt man sich. Zwangseinweisung in ein Krankenhaus?

Man braucht sich die Frage nicht sehr lange zu stellen.

Da liegt sie, reglos in ihrem Bett, die Augen offen. Sie drückt das grösste von Charles' Fotos an sich, darauf ist er zu sehen, wie er zum erstenmal einen Apothekerkittel trägt, kurz vor ihrer Hochzeit.

Sie hat immerhin acht lange Jahre gebraucht, bis sie zu ihm gehen konnte.

Er ist nicht mehr der hübsche, blonde kleine Junge.

Er ist dunkelhaarig, schlaksig, knochig, pickelig. Er sieht Charles ein wenig ähnlich. Man kann noch nicht wissen, ob er einmal schön sein wird oder hässlich.

Sie stehen beide nebeneinander am Bug eines Schiffes, das zwischen Venedig und Lido di Iesolo verkehrt. Vincent ist am Heck. „Es ist zu windig", hat er gesagt, „aber macht nur, was ihr wollt."

Beide lieben den Wind, lieben das offene Meer, das Wasser, das hochspritzt, die Wellen, die heute mächtig sind, und das graue, stark bewegte Meer.

Sie mögen es, nichts vor sich zu sehen als diese grosse schäumende Fläche.

Sie sind gerne zusammen, diese Frau von siebenundvierzig und dieser Junge von vierzehn Jahren. Da ist etwas, was sie miteinander verbindet, in der Tiefe.

Ähnlich, denkt sie bisweilen, wir sind einander ähnlich, er und ich.

Lose angekoppelt an die Wirklichkeit, wie die anderen sie erleben, Vincent vor allem, nie eine Frage, es ist, wie es ist, man passt sich an, und damit basta.

In ihnen drin dieser Wunsch nach Ausbrechen.

Uneingestanden, unterdrückt bei ihr. Bei ihm häufig ganz unverfroren bekräftigt.

Und genau da, am Bug dieses Schiffes, sagt er auf einmal: „Warum gehst du nicht einfach weg?"

Sie schaut ihn an, begreift nicht.

„Gehen wohin?"

Er sagt, irgendwohin, du fängst wieder an zu arbeiten, wohnst allein, tust, was du willst.

Er starrt auf das Meer, es ist, als ob er mit sich selbst redete.

„Und Papa?"

Er wartet ein bisschen, dann sagt er: „Papa, der wird sich schon zurechtfinden. Die Kollegen, das Kartenspielen und das Billard, die Arbeit."

„Möchtest du, dass ich ihn verlasse, dass ich mich scheiden lasse?"

Dabei streiten sie nicht miteinander, sie und Vincent, jedenfalls nie vor Thomas. Sie sind höflich zueinander, manchmal bemühen sie sich, zärtlich zu sein. Sie denkt, das ist eine gute Sache für Thomas, diese etwas distanzierte, leidenschaftslose Beziehung. Das ist besser als jene uneingeschränkte Liebe, die Charles und Lydia miteinander verband. Warum also?

Noch immer schaut er sie nicht an und sagt, sie sei ja nicht glücklich, das sei nicht schwer zu erraten, sie sei für ein so ... er sucht nach einem Wort ... beschissenes Leben nicht gemacht, und dann schweigt er.

Und sie sagt: „Aber was für ein Leben sollte ich denn führen?"

Er hat noch keinen sehr differenzierten Wortschatz, er gebraucht die Ausdrücke, die in seinem Alter eben so üblich sind, man muss erraten, was sich dahinter versteckt: „Ein tolleres Leben."

„Glaubst du, das Leben kann toll sein?"

Er sagt, toll vielleicht nicht, dafür aber ... wieder sucht er und findet ein Wort, das er sonst nie gebraucht, ein etwas geschwollenes Wort, und er spricht es scheinbar nur ungern aus: „Erhebend."

„Und wie", fragt sie, „wie stellst du dir das vor, dieses erhebende Leben?"

Er antwortet, bei ihr wisse er das nicht so genau, bei ihm selber aber sei das ganz klar: Später werde er weggehen.

„Von zu Hause?"

„Weg von dieser Stadt. Diesem Land."

„Und wohin?"

„Irgendwohin."

„Bist du sicher, dass es dort besser ist?"

Und er, aufbrausend: „Auf jeden Fall kann es nicht schlimmer sein."

Zu ihrer Beruhigung denkt sie, das wird sich wahrscheinlich legen. Die Teenagerzeit, die Auswirkungen der Mai-Unruhen. Wer weiss, ob er in ein paar Jahren nicht auch ein anständiger, normierter Erwachsener sein wird. Doch sie ist nicht sicher, ob sie das erhofft. Eigentlich möchte sie, dass er dieses Aufständische behält, auch wenn es unkontrolliert ist, kein genaues Ziel verfolgt, sie möchte, dass er sich nie in die Mittelmässigkeit schickt.

Zwölf Jahre später wird er nach Montreal reisen. Einer Stelle als Informatiker, doch vor allem des Weiträumigen wegen, der Naturparks, der Wälder. Unbekannte Gebiete sind zu entdecken.

Barbara. Schauspielerin und Journalistin, engagiert in der Frauenbewegung, Dichterin, wenn sie dazu in der richtigen Stimmung ist, und schlechte Haufrau. „Diese Spinnerin, diese blöde Kuh", wird Vincent sagen. Und die beiden

Kinder, die sie, wie sie sagen werden, „anders" erziehen werden, ohne dass man erfahren könnte, was das genau bedeutet.

Jetzt steht er hier, am Bug des Schiffes.
Weder Mann noch Kind.

Schon wieder alte Frauen, die auf dem Fernsehschirm in Pablos Kneipe weinen. Diese hier sind Kroatinnen. Sie türmen Kleider und Habseligkeiten auf Karren, bevor sie aus ihrem von Maschinengewehren beschossenen Dorf fliehen. Es ist die Massenflucht von 1940. Die Geschichte stottert. Im Herzen Europas, 400 Kilometer von Venedig entfernt, flammt der nahezu ein halbes Jahrhundert eingefrorene Hass wieder auf, frisch, unverbraucht.

„Der Bürgerkrieg ist der schlimmste von allen", sagt Pablo.

Jetzt, da weniger Gäste zum Abendessen kommen, nimmt er sich Zeit und setzt sich manchmal zu mir an den Tisch.

Während zwei junge Soldaten die zerfetzte Leiche eines ihrer von einer Mine getöteten Kameraden auf einem Schubkarren abtransportieren, erzählt er. Er ist 1938 geboren, und seine ganze Kindheit war von furchtbaren Geschichten erfüllt, von unausrottbarer Rachsucht, von Denunzierungen, von Repression und vom Schmerz der Frauen in Schwarz, die nicht vergessen konnten.

„Warum all dieser Hass, Pablo?"

Er sagt, früher hatte er Antworten parat, die er von seinem Vater geerbt hatte, doch jetzt weiss er keine, weiss er keine mehr.

„Vielleicht ist das Leben vieler Menschen so hart, so verzweifelt, dass sie sich einfach an den anderen rächen müssen ..."

„Und was kann man da tun?"

Er steht auf: *Nada,* sagt er, nur arbeiten.

Er verschwindet in seiner winzig kleinen Küche.

Ich trinke mein Glas Wein aus.

Und jetzt gehe ich den dunklen Strand entlang. Ich weine. Das ändert nichts an all dem Unheil auf der Welt. Wenn ich tanzen, singen oder vor Freude schreien würde, hätte das genau dieselbe Auswirkung: keine.

Trotzdem weine ich.

Noch einmal, wie auf der Terrasse, das Gefühl, nicht geschützt zu sein, alles steht offen, die Mauern sind gefallen, der Schmerz bricht herein, bringt mich ins Wanken, wird mich vielleicht mitreissen, das Grauen, das man nicht mehr in Schranken halten kann.

Der Wind, der vom Meer her bläst, wird meine unnützen Tränen trocknen.

Antología poética mit einem Bild von Antonio Machado in dem mit Wollknäueln, Heften, Füllfederhaltern, Sonnenschutzcremes vollgestopften Schaufenster.

Ich hatte diesen kleinen, zwischen ein Schuhgeschäft und eine Bäckerei hineingezwängten Laden noch nie bemerkt. Ich stehe da, die Augen starr auf das Buch gerichtet, und erinnere mich wieder. Es war während der Zeit der Öde, kurz nach dem Aufenthalt in Florenz, niemand liebte mich, ich liebte niemanden, ich existierte fast gar nicht. Eines Tages, in einer Zeitschrift, die ich zufällig durchblätterte, eine dreizeilige Strophe mit gegenüberstehender Übersetzung, eine dreizeilige Strophe ... wie soll ich sie wiederfinden unter der Anhäufung der Jahre? Ich suche, und die Worte kommen eins nach dem anderen langsam zurück:

Poned atención:
un corazón solitario
no es un corazón.

Und ich hatte gewusst, das stimmt: ein einsames Herz, ein Herz ohne Liebe ist kein Herz mehr, es ist eine gewöhnliche Blutpumpe und nichts weiter. Ein Mann, ein Dichter, hatte das gedacht, hatte gewagt, es in Worte zu fassen. Dank ihm hatte ich mein Verlangen nach den anderen akzeptiert.

Dieses Buch muss ich haben. Ich stosse die Tür auf. Der Laden ist spärlich beleuchtet.

„Du hast aber lange gebraucht bis zu mir", sagt die Frau in Schwarz hinter der Theke.

Sie lächelt über mein Erstaunen.

„Ich hab gewusst, du würdest eines Tages kommen."

Wir reden eine Weile, mein Spanisch ist noch schlechter als sonst, und während ich zu sagen versuche, jetzt, da ich den Weg kenne, werde ich … Und dann verlange ich den Band.

„Hast du von Machado gehört?"

„Ja. Ich habe schon einmal Gedichte von ihm gelesen."

„Der grösste", sagt sie, „der menschlichste. Ich habe sein Grab in Collioure gesehen, im Exil."

Ich nehme das Buch mit. Machado wird mir Gesellschaft leisten in meinen schlaflosen Nächten. Er wird mir helfen, in dieses noch immer hermetische Land zu gelangen. Er wird mir von den Feldern von Soria erzählen, von der Welt Andalusiens, von Mondnächten, glühendheissen Sommern, Orangenbäumen und Zitronenbäumen, vom Traum, der für ihn eins ist mit dem Leben. Er wird mir von der Kindheit erzählen, von der Hoffnung und auch vom Schmerz und vom Tod.

Ich bin bereit, alles aufzunehmen.

Ich gehe vom Strand wieder hinauf nach einem schnellen Bad in dem schon kühlen und heute grauen, feindlichen Wasser.

Ich gehe die Weinreben entlang, als ich sehe, wie mir der Wagen entgegenkommt. Dabei habe ich Vincent doch gesagt, ich wolle unbedingt zu Fuss nach Hause, um mir etwas Bewegung zu verschaffen, und wenn er ungeduldig werde, solle ihn nichts daran hindern, mit dem Mittagessen zu beginnen, ohne auf mich zu warten.

Er bleibt neben mir stehen, öffnet die Wagentür: „Einsteigen, schnell einsteigen ..."

„Was ist?"

Er ist hochrot im Gesicht, atmet schnell wie jemand, dem es übel ist oder der stark erregt ist.

„Stimmt was nicht?"

Er sagt, im Gegenteil, es ist phantastisch, unglaublich, bloss der Brief hat eine Woche gebraucht bis hierher, es ist bestimmt zu spät, und jetzt ist Mittag, ein Versuch, dort anzurufen, ist zwecklos, die Büros sind geschlossen.

Ich sage, ich verstehe nur Bahnhof.

Er wendet an der Kreuzung und kann gerade noch einem Wagen ausweichen, der von rechts kommt und wie wild hupt. Wir fahren zu schnell, während Vincent derart aufgeregt spricht, dass mir der Sinn seiner Worte nach wie vor schleierhaft bleibt.

Aber vielleicht will ich auch gar nicht verstehen.

„Wir haben nämlich vergessen, mit jener anderen Verwaltung wieder Kontakt aufzunehmen, Flo, und so sind wir auf ihrer Liste geblieben. Und jetzt …" Die Stimme versagt ihm. „In unserem Quartier, drei Zimmer, vernünftige Miete, stell dir das mal vor!" Und plötzlich, verzweifelt: „Diese verdammte spanische Post. Eine Woche für die Zustellung eines Briefs. Sie ist bestimmt schon vermietet, die Wohnung. Es ist zum Heulen."

Ich sehe ihm ins Gesicht: Tatsächlich, er hat Tränen in den Augen.

„Möchtest du etwa …?"

„Selbstverständlich."

„Und das Haus?"

„Könnte man leicht verkaufen."

„Die Möbel?"

„Würden wir mit nach Genf nehmen. Aber ich sag dir doch, es ist bestimmt zu spät."

Seit einer Weile schlottere ich.

„Ich werd's trotzdem versuchen", sagt Vincent. „Punkt zwei Uhr rufe ich sie noch mal an. Wenn man bedenkt, dass die nicht mal fähig waren, uns Telefon zu legen!"

Für ihn steht fest: Sollte die Wohnung vermietet sein, ist die spanische PTT daran schuld. In den nächsten Monaten, den nächsten Jahren wird dieser Vorwurf noch zu den übrigen hinzukommen.

„Was waren wir doch dumm, Flo. Wir haben zu schnell gehandelt, wir hätten da oben bleiben und abwarten sollen. Was für ein Arschloch, dein Coiffeur …"

Er merkt nicht, dass ich zittere.

Wir rühren den Reissalat nicht an, den ich aus dem Kühlschrank geholt habe.

Wir warten.

Die Zeit vergeht nicht.

Die Sonne hat die Wolken besiegt, sie haben sich fast vollständig aufgelöst. Ein fröhliches frisches Lüftchen weht von Norden. Das Meer ist erneut enzianblau.

Jetzt stehe ich auf der Strasse vor der Telefonzelle, die Vincent betreten hat. Ich drehe ihm den Rücken zu. Ich betrachte den blumengeschmückten Kreisel und dahinter den Fischmarkt und die Einfahrt zum Fischereihafen. Ich kaue an den Nägeln. Ich versuche, an nichts zu denken.

Hinter mir ein Geräusch. Ich drehe mich um.

Vincent, erschüttert: „Es ist verrückt ..."

Er kommt auf mich zu und nimmt mich in die Arme. Er stottert: „Heute morgen, stell dir vor, heute morgen ..."

Ich löse mich: „Was heute morgen?"

„Irgendwelche Leute haben die Wohnung reserviert, sie wollten den Mietvertrag schon unterzeichnen, und heute morgen ... es ist wirklich ein Wunder. Ich muss sofort ein Fax senden zur Bestätigung."

Er fragt mich nicht einmal nach meiner Meinung.

Zurück auf der Terrasse.

Vincent schlingt den Reissalat hinunter, trinkt mehrere Gläser Wein. „Farbe und Leben waren ins Gesicht des Mannes zurückgekehrt. Man hätte meinen können, nach einem langen düsteren Schlaf könne er das Leben wieder geniessen." Ich schreibe eine Geschichte im Kopf. Ich will nichts wissen von der, die sich gerade abspielt.

„Warst du unglücklich hier, Vincent?"

„Und ob! Todunglücklich."

„Was hast du eigentlich vermisst?"

Die Antwort kommt schnell, unmissverständlich: „Alles."

Er schaut mich an, als ob er sich plötzlich wieder bewusst würde, dass es mich gibt: „Und du?"

„Du weisst schon."

Er ist eine Weile still: „Wenn wir erst zurück sind, dann wirst du schon merken, dass …"

Ich sage, nein, bestimmt nicht. Er tätschelt mir das Knie: „Aber sicher, du wirst sehen."

Ich schiebe seine Hand weg.

Ich gehe ins Haus.

Heute nacht versuche ich gar nicht erst zu schlafen.

Ich wickle mich in eine Decke und mache es mir auf der Terrasse gemütlich.

Ich stelle mir den Umzug vor.

Sie räumen das Haus. Vielleicht sind es dieselben Typen. Sie lachen: Haha, euer schreckliches Buffet habt ihr liquidiert. Sie füllen den Möbelwagen. Ich fege die leeren Zimmer, die Terrasse. Wir fahren ein letztes Mal das Strässchen hinunter. Vincent, am Steuer, freudestrahlend. Wir halten bei der Agentur, um die Schlüssel zurückzugeben. Wir fahren durchs Dorf. Fahren in Richtung Norden, hinter dem Möbelwagen her. 1300 Kilometer Autobahn. Der Grenzübergang. Die gebührenpflichtigen Autobahnen. Vincent frohlockt: „Wir sind in Frankreich, uff, wir können aufatmen ..."

Im Vorbeifahren habe ich dem grossen schwarzen Stier auf dem Rücken eines Hügels oben Lebewohl gesagt.

Wir fahren eine ganze Nacht und lösen uns am Steuer ab, wie die Möbeltransporteure.

In mir drin beginnt der Kummer.

Da oben.

Eingerichtet. Die Ausstattung von früher mehr oder weniger wiederhergestellt.

Zurück zu den Gewohnheiten, den Geschäften, wir sind ja so froh, Sie wiederzusehen, wir waren sicher, dass es Ihnen in Spanien nicht gefallen würde, das Restaurant Sonntag abends, das Tischtuch mit den kleinen rot-weissen Karos,

Ihr Tisch, Monsieur Vincent, der verkochte Reis. Ganz ausgezeichnet, danke.

Die aktuellen Zeitungen. Das Radio. Wir haben wieder einen Fernseher gekauft, einen nagelneuen, wir haben Kabel, mehr als zwanzig Programme.

Vincent hat wieder seine alten Freunde, er spielt Karten, Boccia, Billard, er kommt nach Hause, fragt, was gibt es Gutes zu essen, Flo? Und ich tische ganz stolz eines jener kleinen Gerichte auf, die ich nun wieder kochen kann, denn alles läuft wieder wie geschmiert, alles ist wieder in Ordnung gekommen.

Ich denke nicht mehr ans Schreiben.

Abends sind wir beisammen. Wir reden nicht viel miteinander. Doch immerhin ist da jemand. Eine Hand dann und wann, die Wärme einer Hand.

Wir schonen uns, wir gehen mit unseren Kräften sparsam um, wir gehen mit kurzen leisen Schritten auf den Tod zu.

Wir schnurren unser Alter vor uns her, in dem wiedergefundenen, gemütlichen Unterschlupf, der sich der Welt und den anderen fest verschliesst.

Doch wozu sich diese Rückkehr vorstellen? In mir drin weiss ich genau, dass mein Entschluss gefasst ist seit dem Augenblick, als ich Vincent, taumelnd vor Freude, aus der Telefonzelle kommen sah.

Er wird gehen. Ich aber werde bleiben.

Ich werde wieder zum Floss Einsamkeit zurückfinden. Ich werde die Reise fortsetzen, allen Unbilden des Wetters ausgesetzt, die Haut von Sonne und Wind gegerbt, doch die Augen voller Sterne, begleitet von der langsamen Drift der Wolken.

„Um Himmels willen", sagt Vincent, „was tust du denn zu dieser Stunde auf der Terrasse?" Er hat die Fenstertür geöffnet, ohne dass ich ihn gehört hätte. Ich drehe mich um. Da steht er, hinter mir, im Morgenrock, ganz verschlafen, die Haare zerzaust. „Du holst dir ja noch eine Lungenentzündung."

„Die Nacht ist lau … Setz dich, Vincent, ich habe dir was zu sagen."

„Jetzt?"

„Bitte."

Er nimmt Platz. Wir schauen einander an. Ein Weilchen vergeht. „Du brauchst nichts zu sagen", sagt er, „ich hab schon verstanden."

Ich lege meine Hand auf seine: „Entschuldigung, Vincent, ich kann nicht anders."

Er zieht seine Hand zurück.

Wir bleiben sitzen und schweigen.

Eines Tages werde ich hinten am Horizont, in der Sonne glänzend oder in Dunst gehüllt, die noch unbekannte Form der Punta de Tarifa auftauchen sehen, dort, wo die Wasser des Mittelmeeres und des Atlantiks in mächtigem blaugrauem Getöse aufeinandertreffen, aufeinanderprallen und schliesslich miteinander verschmelzen.

Dann werde ich wissen, dass die Reise bald zu Ende ist.